KB113273

소리 책력冊曆

소리 책력冊曆

김정환 장시집

민음의 시 241

민음사

시인 함성호과 오은, 소설가 김태용과 한유주의 고마운 권고로 《문예중앙》에 연재했던 것이다. 나로서는 무척 소중한 기회였다. 그들에게 감사한다.

2017년 12월
김정환

차 례

프롤로그

세월이 닳고 닳으며 드러내는 미래를 훗날 우리가
처녀성이라 부르는 것이 아니라면 우리는 아직
봉건 시대에 살거나 처녀를 보았으되 처녀성을
본 적이 없거나 둘 중 하나다.
어떤 소리는 바로 그렇게 말하는 소리고 모든 소리가
그렇게 말하는 소리일 때가 있다.
소리에서 소리로써만 가능한 그런 광경이다.
소리의 소리가 내는 뜻도 그렇게 들릴 때가 있다.
아주 간단하게 20년도 더 묵어
눈썹보다 더 새까만
책상 더께를 칼등으로 벗겨 낼 수 있다. 모든
무명씨도 미래의 처음이다.
라틴어 성경
소리 아닌 문구보다 새롭고 또 새로운
미래의 거처지. 그렇게 말하는 소리
책력이 있다.

11월

슬픔이 벌써 우스꽝스러운 안구(眼球)와 인구(人口)의

꼬부랑 할망구가 가고 있다.
눈물이 전부 꼬부랑 선율로 잘도 가고 있다.
아직 말라 버렸다고 할 수 없지만 분명
마지막이라고 할 수 있다.
간절하다. 늦가을이 춥게 무르익는다. 무르익는
일의
습관밖에 없다는 듯이.
지하 안마시술소 음탕한 빨강이 스멀스멀
기어올라 진창 바닥에 노을, 더 천해지려는
안간힘의 거리다. 살 썩는 악취가 쌀쌀한
바람에 섞여 무르익는다. 그만
꺾이지 않고 아직 앙탈 중.
그러니 깨끗한 사후(死後)가 어딘가
있기는 있을 것이다.
죽음이 제 너비를 줄여 가는 제 갈 길
내닫기도 할 것이다.
아직 안타까울 시간이 있다.
얼마 남지 않았다는 사실이 사실을
배가(倍加)한다는 사실이
이 기나긴 임종의 시간을 어디까지 아름답게
할 수 있을까? 선율의 장력(張力)이
터질 듯, 아직 남아 있는 젊은 몸이 갈수록
위대한 아름다움을 증오하며 썩어 간다.

그것이 과거인지 미래인지 모르는
슬픔도 배가된다. 위대를 상대하는 일이 슬픔의
원인은 아니지. 거꾸로, 그 높이 때문에 슬픔이
이만큼 폭넓어졌다. 그 슬픔이
만년(晩年)을 부르지 않을 때 바람도 울음의 숨을 죽인
슬픔이 아무리 휘몰아치며 길길이 뛴단들 슬픔의
장관(壯觀)을 펼치며 자신을 호도(糊塗)하는
세상에서 가장 낮은 곳일밖에 없다.
그런데 어떤 생이 실은 그렇지 않겠는가?
누구나 슬픔은 처음부터 재능이 없고 처음부터
평범할 수도 없다. 그건 썩어 가는 육체의 일을
영혼이 대신하는 어떤 혼선(混線) 같은 거.
사랑이 육체의 유일 가능한 영혼이고, 슬픔이 영혼의
유일 가능한 물질이라는 거.
사랑 아니라 후유(後遺)와 단속(斷續)이 처음부터
처음부터 슬픔의 몫이라는 거, 갈수록 스스로
거덜 나며 깊어진다는 거.
육체의 슬픔이 슬픔의 육체로 되는
소리가 선율로 이어지는 것이 누구에게나
단 한 번이므로 누구에게나 전부이고 누구에게나
단 한 번 전부의 나아감일 것이다.
생이 그것으로 적셔져야 가까스로 의미에 달하는
더한 괴물이었을 수 있다.

야만 희생 제의의 인간 — 이성화(化)가 슬픔이고,
비극이 공포를 슬픔으로 정화(淨化)하지 않고
슬픔이 공포를 비극으로 비극을 연민으로
승화(昇華)시켰을 수 있다.
너무나 분명한 슬픔이 너무나 한없이 흩어지는 것이
더욱 분명하다. 면적과 독재와 운명과 경멸이 없는
슬픔은 분명히 한없이 흩어지는 더한 분명의
질(質)에 관한 이야기일 수 있다.
풀 수 없는 생의 수수께끼인 죽음을 오히려 촉촉이 적시는
슬픔이 연민의 육체고 연민이 거룩의 육체일 수 있다.
슬픔이 약하고 하찮은 시시한 것들의
미래형(未來形)일 수 있다. 짓밟히지 않고
그럴 수 있다. 유장(悠長)이 바로 슬픔이고 앞으로
슬픔이 유장을 이을 뿐 아니라 쌓아 가는 것일 수 있다.
마지막 잎새 떨어지고 마지막 땅거미 내릴 때 슬픔은
충분히 슬퍼하는 것으로 족할 수 있다. 마음껏
느린 진도(進度)로. 왜냐면 슬픔이 가장 오랜 시간
쌓여 온 가장 유장한 시간일 수 있다. 마지막
밤이 지나고 첫 새벽 오는 시간이 자신의 반복(反復)을
훌쩍 뛰어넘으며 제 몸을 물들이거나 덮칠 수 있다.
공간이 기쁨의, 시간이 슬픔의
자손 대대였을 수 있다. 슬픔,
더 약하게, 섬세하고 복잡하고 촉촉한 쪽으로

규모가 역동적인 번역(飜譯), 화려와 깊이를
뛰어넘는 슬픔의
종지부 없는.
비극보다 더 오래되었고 더 오래 이어질 비극의
미완(未完)이라서 그 마지막
결정(結晶)으로 번지는 아름다움의 마지막 너머
사후(死後)를 스스로 알지 못하고 여는,
사후도 스스로 알지 못하고 열리는
관행(慣行), 끝까지 이상할 정도로 낯익고 마침내
이상할 정도로 위대한
연습, 죽음이 슬픔으로 생을 몽유(夢遊)하게 하지 않고,
슬픔이 생으로 죽음을 재우는
자장가일 수 있다는 듯이
슬픔이 익살스러운 인구와 안구의
대대(代代)로 가고 있다. 가볍게 가고, 갈수록
슬픔이 슬픔으로 청정한
소리인 쪽으로 가고 있다. 소리들이
단일한 음(音)인 쪽으로 가고 있다. 음들이
단일한 음악인 쪽으로 가고 있다. 음악들이
단일한 슬픔인 쪽으로 가고 있다. 슬픔들이
단일한 생(生)인 쪽으로 가고 있다. 생들이
단일한 죽음인 쪽으로 가고 있다. 죽음들이
단일한 미래인 쪽으로 가고 있다.

그것은 단일들이 단일한 단일인 쪽으로 가고 있다.
슬픔이 슬픔의
곡선인 쪽으로 가고 있다.
새하얗게 늙어 버린 밤이
생이 낭만 아니라 죽음이 고전 아니라 그
반대인 쪽으로 가고 있다. 더
배워야 한다는 듯이.
흩어지며 더 분명해지는 것이
온몸인 생의
미래인 쪽으로 가고 있다.
격렬하게 찢어지며 절규가 분명한
울음이 슬픔을 찢어발기는데도
슬픔이 의연하게 가고 있다.
울음이 슬픔의 거룩하게 찢어진
입인데도 돌이킬 수 없는 슬픔이
허물 수 없는 아름다움의 깊이로 출렁거리며
한껏 슬퍼하고 있다. 모든 출렁거리는
깊이가 슬픔의
즉흥(卽興)일 수도 있다.
슬픔이 이제
죽음 속인 듯,
슬픔이 죽음 속에 있지 않고 슬픔의
만년이 죽음 속에 있지 않고 스스로

죽음 속인 듯.
농담으로 경쾌한 죽음이 하나도
일그러지지 않는 농담이라는 듯이
슬픔이 죽음의 농담 아니라
죽음이 슬픔의 농담이라는 듯이
경쾌.
슬픔 때문에 죽음이라는 농담이
가능했다는 듯이
경쾌.
앞으로도 그럴 것이라는 듯이
믿어도 좋다는 듯이
시간 밖이므로
그 사실 변할 수 없다는 듯이
경쾌.
우리도 거기까지. 마감도 마감이지만
우리가 시간 바깥의
모습을 볼 수 있겠는가. 시간 안으로 들어온
슬픔에 묻어나는 죽음의
소리를 들을 수 있을 뿐이다.
그 소리의
소문이 모습을 볼 수 없다는
사실의 모습이다.
그래서 농담일 수 있고 그러느라 슬픔이

낙타 등이자 낙타 걸음 모양으로 당한 약간의
봉변도 있을 것이다.
춤과의 살아 펄펄 뛰는 불륜의
육체관계를 제 낱말들로 전화(轉化)한
기악(器樂)이 슬픔 자체보다 더
슬픔이 당한 봉변에 가까울 수 있다.
너무 호되게 당하여 기악, 슬픔의 결이
슬픔보다 더
심하게 매끄러운 것일 수 있다.
속이 속이 아니지.
기악이 정말 슬픔의 봉변 속일 수 있고
기악 속이 우스꽝 그 자체일 수 있다.
그러나 알지도 못하는 죽음을 불러내어
미리 당하는 봉변을 막기 위한
슬픔의 전략일 수도 있다.
아무리 호되더라도 약간 어긋난
어긋남일 수 있다.
슬픔이 벌써 우스꽝스러운 안구와 인구의
꼬부랑 할망구,
가고 있다. 잘도 가고 있다.
기어이 기어이
직선으로 가고 있다.
11월이

잘 가라며 가고 있다.

12월

헐벗은 나무가 구약 신약 막론한
성경도 드문드문
성경 용어 색인이다.
무거운 납 뚜껑 저녁이
얼어붙은 땅에 어울린다.
아브라함 수염 같은 눈이 쏟아지겠지.
아니 그가 수염으로 내린 눈을 치우는
환경미화원이겠다.
비좁은 방 아랫목에 죽치고 앉아 아이들이
너무 많다고 꾸짖는,
가난해서 준엄한 가부장이 낫다.
그가 죽어도 윗사람 모시는 공무원이나
군인 노릇은 하지 않을 터.
국정원이 국가정보원, 맞나?
세상에서 믿음이 위엄을 잃은 지 오래다.
그가 옹졸한 가장인 거 맞다.
납 뚜껑 아래 그런 자신의 처신이 초심을
잃지 않은 거라고 진심으로 믿는다. 그림이

딱 그렇잖나, 눈 내릴 때 그가 야훼의 종이고
눈 치울 때 예수의 사도다.
겸손해야겠으나 감히
초심의 발전으로 보아도 무방하다는 쪽이다.
권위라면 아무래도 야훼를 모실 때가…… 쩝…….
그의 겸손한 불만은 늘 자신의 손을
거울처럼 들여다보는 걸로 끝난다.
기도하는 손,
큰아들 모가지를 도끼로 내리찍을 뻔한 손이었다.
눈 빗자루 쥐고 쓰는 손, 식구들 입에 풀칠하는
손이다. '애굽'이라는 말, '이스라엘'이라는
단어가 눈 위에 교통사고 인명 희생의 남은
핏자국처럼 섬뜩하다.
사고 현장을 최소한으로, 최적의 시간차로
암시하면서 사고 현장보다 더 끔찍하지.
돌이켜보면 육안에 너무 거대한
기아와 전쟁이 편안한 지붕처럼 느껴지던
시대가 있었던 것 같다.
아기 예수 탄생이 그 사태를 역전시키려는 트릭이었을까?
거기서 그쳤어야지. 아기의 탄생도 예수 십자가 처형이
부활과 심판의 지붕을 더 거대한 비중으로 무너트리는
참사를 막지 못했다.
무함마드가 그 사태를 수습하러 나섰는데, 늙고

안정적이었는데, 특히 재정이, 너무 안정적이라서 문제였
나?

순교든 자살 베러든 셩화는

종교가 아직도 경제를 능가하고 있다니……

기독교는 내내 생계를 절실한 문제로 존중해 줬다.

(오죽하면 요셉이 목수고 아기가 말구유에서 태어나겠나)

그 근면이 자본주의를 불렀다는 주장도 있지만.

그것보다는 종교라는 게 아무래도 단체라 돈이

한두 푼 드는 게 아녜요. 믿음보다 더 어려운 게 종단

운영이라는 말은 국회의원이 대통령보다 더 되기 힘들
다는

말씀과 대동소이하다. 귀가하면서 아브라함은

자신이 부쩍 늙었음을 느낀다. 부쩍

말이 너무 많아진 거다. 호통도 못 되고, 그냥 쓸데없는
말이.

오늘은 늙은 마누라와 좀 즐겨 볼까 한다. 늙음의

섹스는 갈수록 고대 문명적인 매력이 있단 말이지.

모든 늙은 사내가 누릴 수 있는 것은 아닐 것이다, 그

노안(老眼)을 설거지하는 기쁨. 바깥에서 겨울이

점점 더 화난 야훼 얼굴 표정을 닮아 가는데 늘

처음부터 여성 상위(上位)다. 내가 예수와 모하메드

이후 출생인 거, 맞는군. 현대가 불임(不妊)인 거 맞아.

믿음끼리 임신할 수 없듯이 세속끼리 임신할 수 없다.

늘 믿음과 세속 사이 벌어지기에 임신이 늘
반 너머 저질러지는 일이다.
모든 것 얼어붙은 겨울은 영영 떠나는 일이 없을 것
같아서 좋다. 설령 각각 모두가 영영 떠남으로
얼어붙은 것이라 한들 무슨 상관인가. 떠남도 떠나지
않은 것은 떠나지 않는 것이다. 모든 것이 빵조차
얼어붙으면 더 꽁꽁 얼어붙은 악(惡)의 얼음 충만의
겉모습이 선(善)이고 겨울의 겨울 속이 아벨이고 그 밖이
카인 하나 카인 둘, 카인 셋, 카인 넷…… 몇 겹의 카인을
벗겨내야 우리가 순수 희생의 순수 충만에 달할 수 있나?
질문으로 얼어붙은 얼음산이 겨울 도시를
너무 멀리는 벗어나지 않았다. 아무리 난방 잘된
메트로폴리스도 겨울 도시는 생각이 풀리며
생각하지 않는다. 생각이 얼어붙으며 생각하고
얼어붙음이 생각을 물질로 만든다. 여긴 액체라는 게 없고
액체 육체가 얼어붙기 전 진작 휘발과 고체 생각 둘 중
하나를 선택했으니까. 선택할밖에 없었단들 그걸
운명이라고 하기에는 너무 뻔한 예정이지. 모든 천사는
죽음의 등장 이전 표현인 천사고 표현이
문제가 되는 천사다. 그의 말을 듣고 그의 팔이
날개인 것을 만지더라도 표현이 문제가 되는 것이지.
내용을 알 수 없고 내용이 없을 수도 있고 그냥 중요한
내용이라는 것만 분명히 전하는, 오래될수록 더

분명하게 전하는 편지의 표현 양식이다. 전언(傳言)은커녕
없다는 내색도 없음이 요지(要旨)라는 암시도 일체
지워졌기에 인간 세상을 기웃대는 표현의 양식 말이다.
그 국정원 여직원이 정말 명예훼손의 취미 고상한 그
국가정보부 여직원 맞아? 죽음이 생에 악성 댓글을 다
는 거지.
시사언론도 케이블 TV 저예산 광고도 수다 연예인 수다
연예
프로도 만만치 않다.
죽음이 죽음의 자리를 끝내 지키고 생이 죽음에 다는
악성 댓글 아니려 평생 노력할 일이라고 눈 위에 눈이
차곡차곡 쌓여 얼어붙는다.
설마, 겁주기 위해서라면
그리 알게 모르게 혹은 삽시간 얼어붙어 있을까.
생의 단절, 생이라는 단절의 의미를 생에 다시
돌려주기 위해서 얼어붙은 것들은 얼어붙었다.
받아들이라 깊은 밤 간식을 먹으며 생명이
그렇잖아도 끝없이 추락하는
소동(騷動)이라는 것을.
연속이 보장되지 않는 추락이기에 생이 더욱
야단법석이라는 것을. 그렇잖아도, 이번에는
복음(福音)이 영원의 영원한 수다로
그 단속(斷續)의 틈을 비수처럼 들쑤시고 헤집는다.

얼마나 더 단단하게 어디까지 얼어붙을 수 있을 것인가?
의문부호가 지식으로 얼어붙을 때까지.
노예가 자유로 얼어붙을 때까지.
발명이 발견으로, 낯섦이 낯익음으로, 영혼이
육체로 얼어붙을 때까지.
과육이 씨앗으로 얼어붙고, 부르튼 살이
부르터 얼어붙을 때까지. 얼어붙은 연못이
그렇게 그리고
그래서 얼어붙을 것일 때까지.
그것을 우리가
따스한 체온이라고 말할 수 있을 때까지.
그때 우리가 비로소 깨닫는다.
우리가 시간과 공간의 거주자 아니라
주거였다는 것을.
가장 유능한 물(物)의
변형이 맨 먼저 얼어붙는다.
변형으로 얼어붙고 변형이 얼어붙고 변형, 얼어붙는다.
죽음이 생의 변형 아니다.
생이 죽음의 변형 아니다.
두 문장 사이 그리고, 그런데에서 그러므로, 그러나까지
일체의 접속사가 얼어붙는다.
우리가 우리에게 죽음이 생의 변형의
얼어붙은 모습이다, 예언도

거기까지만 말할 수 있다. 그보다 더 나아간
사실의 순서가 우리 바깥 우리 시야에
펼쳐져 있지 않고 바로 우리의
시각(視角)이므로 우리가 볼 수 없다. 우리가
시간과 공간의 거주자 아니라 주거였다.
진실이 우리의
빛도 몫도 아니었다.
진실의 순서 또한 시간과 공간의
거주자 아니라 주거였다. 그 전에
실(實)이 진(眞)의 거주자 아니라 주거였다.
자신이 진실인 것을 알 리 없는 진실이 자신을 추구하는
자에게 자신도 모르게 내리는 벌이 스스로 받는지
모르고 받는 우리의 몫이었다.
이 모든 부재(不在)와 무지(無知)의 단절로
어김없이 얼어붙은 겨울 풍경이다.
우리가 진실을 알 수 없지만 우리 몫인
그 벌로
안다는 뜻이다, 진실이 모르는 것을.
모든 풍경이 부재와 단절로 아름답지 않고
부재와 단절의
얼어붙음이 바로 아름다움이라는 것.
나의 거주자 아니라
주거인 밤하늘의

침묵이 그렇게 쓴다.
그 주거인 별의
명성(名聲)이 그렇게 쓴다.
그 주거인 빛의 냉혹한
각도가 그렇게 쓴다.
눈 내려 얼어붙은 겨울 강과
그냥 얼어붙은 사막의 집이 그렇게 쓴다.
정말이다.
쓰는 일이 얼어붙는
일일 때까지 쓰는
일이 정말이다.
진실이 얼어붙는 정말이다.

1월

가만히 생각해 보면
마구 흩날리는 눈발 속에서
빛나는 것을 벌써 우리가 자연의 골동(骨董)이라고 불렀다.
그렇게 과거 시제로 시작되는
현재가 있고 쌓인 눈 사이 언뜻언뜻 더 분명하게 빛나는
것은
'자연이 골동'이다. 비로소 낡은 것이 아름답다.

식물은 물론 동물의

행동에도 있을 것이다. 인간이라 인간끼리

우스꽝스러운 것도 없는 골동이.

골동만큼 자연에 적대적이지 않은 인간 생각도 드물다.

인간과 자연의 골동이 초대받지 못했으나

초대받을 수 없는 사이는 아닐 것이다.

겨울비 내리고, 구질 맞은 건 그렇다 치고, 자연의

골동을 흐린 인간 감정으로 지우는 것이 정말

그렇게 어이없는 일이 또 있을까 싶다.

구(舊) 동독 동베를린에서 있었던 오페라 「카르멘」

공연 실황을 보고 있다.

1963년인데, 근거가 없지만, 아무래도 서베를린 방문한

케네디가 연설에서 자신을 베를린 시민으로 수사(修辭)하던

6월 26일에 아주 가깝고, 자국(自國) 유세지 텍사스주

댈러스시 자동차 퍼레이드 중

암살당하던

11월 22일과는 상관이 없을 것 같다.

「카르멘」은 내 눈앞에서 흑백의 골동이고 케네디

연설 사진도 아마 그럴 것이지만 어쨌든 골동이 아니다.

이때 동베를린이 서베를린에 경제적으로 이미 돌이킬 수 없이

뒤져 있었을 터. 지휘자와 연주자들의 따분하고 미리 지친

표정이 돌이킬 수 없는 몰락을 예상하거나 바랐을지도.

공산주의 예술 이상이 현실 공산주의 체제를 못마땅해할

밖에 없는 사정이었을 수도 있다.

가난의 땟국물을 지우지 못한 동독 카르멘의

요염이 90년 전 프랑스 집시 카르멘에 적중,

사실적이라서 더 요염하다. 가난이 가난의

육감(肉感)을 입었다 할까. 예술의 골동이 된다.

내 마루 서재 헌책 중에서도 매우 낡은 편에 속하는

페이퍼백들이 그 안으로 빨려든다. 특히 주머니

크기와 모양의 Pocket Library 싯누런 1952년 판

buddenbrooks*, buddenbrooks,

제목만 새빨간. 히틀러 제3제국 서체로 남기며

빨려들고 제목도 빨려든다, 인간이 재앙이었던

제2차세계대전을 벗으며 빨려든다,

동족이라 더 원수였던 6·25. 전쟁을 벗으며, 이념이 장막

이었던

동서냉전을 벗으며, buddenbrooks, buddenbrooks,

나머지가 모두 바스러지는 책의 골동이 있고

1963년 「카르멘」, 테너 소프라노 출연자들의

이름이 영어 Wikipedia에 나오지 않는

자연스런 골동이 있고 지휘자와 악단 이름이

* 토마스 만, 『부덴브로크 가의 사람들』.

나오는, 수상한 골동이 있다.

나무 책상에 골동이 있는데 의당 목재에 골동이 있고 하물며

자연에 기압계와 시계 골동이 생활의

습관으로, 그리고 무기와 갑옷 골동이 생활의 습관 너머

관습으로 있을 것이다. 제본한 책의 골동이 발자국 쌓인

카펫의 골동과 그 너머에서 같을 것이다. 순서 위치와 성격

쓰임새가 다르지만 다른 차원에서 같다.

가구 골동이 결국 가구 골동이고 유리잔 골동이 결국 유리잔

골동이지만 그 너머 골동은 겨울이 제일 잘 아는

자연과 인간의

접점이고 집집이라서 겨울은 거울 골동이 결국 거울 골동이다,

일별(一瞥)의 바늘과 자수의 그림과 인쇄와 도자기와도 같이.

금제 은제는 말할 것도 없다.

동전 골동엔 자연의 물물교환이 없는 대신 먹이사슬이 있다.

세상이 삽시간 세상과 똑같은 모양과 크기의 박물관이고

겨울비가 추적추적 흐리게 내리는 흐림의

장관이 순간의 시간을 늘여 준다. 인간이 호소하고 자연이

응답하고 인간이 그것에 젖어 드는

감응의 거울이지, 겨울이.

그 박물관에 진열된 것은 남아 있는 우리에게

흘러가는 시간이 남기는, 시간의 마지막

총애라는 물질들이다. 반질반질 닦지 마라. 섣부른

지상의 눈물로 오해받을 수 있으니.

그것들 스스로 제 혼자 발하는 빛이

갈수록 슬픔을 단단한 슬픔의

지속성이라는

물질로 바꾸면서 골동이기 시작했다.

그리고

습관의 자연과 습관의 인간이

서로를 연민하는

골동의 시간 깊어 간다.

연민의 삼위(三位)를 이루고, 그 일체 이룰 수 없는

깊어가는 간극으로 골동의 시간이 더욱 깊어 간다.

밤이라면 분명

겨울밤이다, 깊어 가기에 새로운

숱한 겨울 이야기를 낳는,

그 얘기 들으면 시간의 개념이 달라진다. 정지(停止).

새로 들여놓은 신개발 피아노포르테 앞에서 시간 가는 줄

모르는 모차르트 음악의 시간도 새 피아노도 골동이다.

음악의 천재이니 음악 아닌 시간이 덜 지겨웠을까?

질문도, 선택도 겨울 이야기다.

뱀

복 원(復元) 아니고

인주(印朱)의

내내(內內) 아니고

오천 가지 넘는 오류의 몽타주 사진 아니고

원래(原來)가 갈수록 원래의

색을 새롭게 하는 겨울 이야기다.

욕망으로 빛나는 극장이 있다. 궁금해서 슬픈

자모(子母)의 사전이 있다.

그사이 겨울 이야기 없었다면 극장이

살육의 재현에 지나지 않고 사전이 모자(母子)의

슬픔에 지나지 않았다.

은(銀)이 은의 자연으로 금(金)이 금의 자연으로

빛나면서 인간 품속에 깃든다. 사실 자연으로

빛나는 빛만 인간 품속에 깃들고, 그런 색으로만

역사의 시야가 무르익는다. 그리고

가만히 생각해 보면 마구 흩날리는 눈발 속에서 빛나는

것을

벌써 우리가 자연의 골동(骨董)이라고 불렀다. '다시는,

다시는'의 구태를 벗는 거지. '이제는 이제는'의

구태, 그리고 '다시는'이 '이제는'으로 '다시는, 다시는'이

'이제는 이제는'으로 갈수록 들리는

'는'의 구태까지 벗는 거다.
괴이(怪異)를 벗겠다는 일념으로 편협해진
안심을 벗고
내맡기는 거다 생이라는 갈수록 드넓은 안심에.
골동이 국적을 지운
총포도 결국 제 목적을 잊고 안심에 제 몸을 맡긴다.
동식물도 그런 골동이 있을 것이다.
아니라면
산이 왜 산이고 강이 왜 강이겠는가.
인터넷이 세상의 골동일 날 있을 것이다.
아니라면
미래가 왜 전망이 낭만을 벗고 고전의
형식으로 들어서는
미래이겠는가.
골동의 물질이 썩는
무늬가 탄생한다.
가장 오래되고 단단한 골동의
물질이 가장 오래 썩어 없어지는
그 무늬를 제일로 앞세운 무늬들의
서열이 탄생한다.
사실 그런 서열만 인간 뇌리에 새겨지고
그런 서열이 장차 보게 되면 장차의
이전(以前)이고 계단이다.

동식물도 그런 무늬가 있을 것이다.
아니라면 왜 그것들 그 아름다운
무늬들이 세각각 하나의 몸이고 생각의
전체겠는가. 왜 우리가 자연을 아름답다
하겠는가, 주저 없이, 정말 사랑의
고통도 없이?
골동의
시(詩)는 몰라도 역사가
자연에 있을 것이다.
색과 모양의
용어(用語) 아니라
스스로 자연 감(感)의
어떤 선취(先取)
형식으로 있을 것이다.
자연과 인간이 끝내 분리될 수 없다.
죽음 때문에라도 인간과 자연이 끝내
돌이킬 수 없이 불화할 수 없다.
우리의 걱정은 살아 있는 동안이고
분리될 수 없는 분리고, 불화할 수 없는 불화다.
어느 수준이 어느 수준을 따르기는커녕
제 수준으로 내리고 있는지, 그러니까 결국
깎아내리고 있는 것인지 우리는 아직
모른다. 왜냐면 골동은 진화(進化) ── 또한

신화다 ─ 를 자기 반성하는
진화의 진화다.
눈발 속에서 빛나는 것을
자연의 골동(骨董)이라고 불렀을 때 벌써
우리가 그 반성에
동참하기 시작했던 것일 수 있다.
그렇게 미래 시제로 시작되는
현재가 있다.

2월

잃어버린 유년이 버려져 홀로 깊어 간다.
신화 일 아니다. 생의 일이다. 우리가 떠나온
시골 고향 일 아니다. 만년의 실내 일이다.
연주자 왼손 오른손 없는
연주를 관객 없이 듣는 일이다.
유년이 홀로 깊어 이성의 마지막이
황홀인 일이다. 마지막의 황홀이
이성인 일이고 황홀의 이성이 마지막인 일이다.
모든 경계가 흐려지는 과정의
풀잎 이슬방울
영롱의 명징한 치유, 그 일이다.

거기서는 해학과 한(恨)을 아무리 합쳐 봐야
청승밖에 없지.
잃어버린 유년을 잃어버리지 않았다면
무엇이 되었을까 묻는 질문은 뼈아프지만
뼈아프기만 하다. 어렴풋 반향은 있다.
뼈아픈 것을 더 뼈아프게 하는 데서
그치는 반향이고 그러느니 생의 이면을
조각해 온 듯한 만년을 들여다보는 것이고
그 뚜렷한 반향이 뚜렷하지 않고 굵지도 않은
아주 오래되어 희미한 붓글씨 같은 것의
뚜렷해지지 않고 굵어지지 않는,
벌레 문양의, 사라지는
고딕화(化, 내겐 이것이 중국식 고전)이다,
혹은 세월을 머금을수록 올이 내용보다
더 두드러지는 소책자 아마포 장정
(내겐 이것이 서양식 고전)이다.
둘 다 죽어도 죽을 때까지, 사라지고 바스라지면서
아름다워지려는, 어떤 기억을 기억에
복사(複寫)하려는, 최소한 복식(服飾)하려는
경향이 있고 action이 narrative가 되는
사정이 있다.
형체 없이 가슴 아픈, 산도 면도 면체(面體)도 아닌
육체가, 짐승을 지우는 순결한 정신이

문득문득 나타났다 사라진다.

색(色) 자체에 모양이 있다.

가장 기계적인 뜨개질이 털실 장갑 너머

없는 무늬를 향한다. 자세히 보면 모든 사물의

정물이 그렇게 움직이고

틈이 과거의 사잇길이자 미래의 디자인이다.

사물과 사건의 세계

전모가 그럴 때도 있다. 그

금인(金印)의 반지가 그럴 때도 있다.

그것들 늘 두런대지 않고 두근거린다.

두근대는 그림에 달하려 두근대는 디자인이지.

아니라면 왜 사고가 그토록 단절을 더욱

가슴 아프게 했겠는가, 일시의, 단절 속으로

단절을 겹치는 것일 뿐이었는데,

다행일 수도 있었는데?

누구나 진정한 끝은 잃어버린 유년의

무뇌(無腦)의 정지거나 끝이고 사고는 그 점을

제일 먼저 알려 준다, 사고의 무늬로.

뒤늦은 슬픔이 뒤늦었기에

물밀듯 밀려오고, 어느새 눈에 보이지 않는 차원에도

영원이 없다는 망연자실, 어느새 그것을 씻어 내는

액체 위안으로도 밀려오고 우리가

허망하다고 말하는 것은 그 위안으로 적실 것이

상실(喪失)밖에 없다는 뜻이다.
액체 상실이 액체 허망으로 유장하게 흐른다.
사소한 것들이 무거운 죽음으로 흐른다.
과거의 젊음이 한낱 광대극으로 흐른다.
거대한 것들이 자신을 형언 못하는
분노로 흐른다. 은밀했던 정욕(情慾)이 치욕의
숱한 지류(支流)로 흐른다. 영광의 기억이 조루(早漏,)
권력의 저주가 지루로 흐른다. 마침내 자아(自我)가
거세(去勢)로 흐르지. 짧은 이야기가 지도(地圖)로
긴 이야기가 사막으로 흐른다. 몸이 회상 대신 흐른다.
만년은, 반복이 때로 그렇듯 선의의 왜곡이 좀 더
드물게 그렇듯 필요한 거지, 필연적인 게 아니다.
나이 탓은 더욱 아니다.
그보다 더 드물게 강이 흐르다 흐르다
다 흘렀으므로 흐른다는 의미와 소리
일체를 잊고 잊었다는 것도 잊고
흐르는 거다. 달라진 것 하나 없고 다만
흘러가던 것이 흘러들고 급기야
흘러가는 것도 흘러드는 거다.
아무래도 강물이 너무 많아서지만 그것도 모르는
만끽으로 흐르고 문득 눈물이 너무나 편안하게
펼쳐지고 번지며 눈물도 제 갈 길 간다. 슬픔이
그 뒤꽁무니를 바싹 따라가다가 결국 놓아준다.

그렇다면 모든 것이 모든 것을 놓아준다.
아무 데도 조금도 건드리지 마라. 거기가 하나같이
아름다움의 가장 은밀하고 가장 유년적인
치부(恥部)다. 이목(耳目)의 방향 하나 순서 하나
흩트리지 마라. 거기가 스스로 잦아드는 가장
고요한 방향이고 가장 가여운 순서다.
쌓인 눈이 종소리고 눈이 그쳤다는 소리다.
다시 안 내릴 것처럼 눈이 쌓였다는 소리다.
겨울이 끝나도 그 소리가 이어질 것을 믿으면서
쟁 쟁 쟁
그쳐 있는 눈이고 소리다. 그것도 끝내 안간힘이다.
거 봐라 쟁, 저 봐라 쟁, 다시 거 봐라 쟁……
완벽의 반복도 끝내 안간힘이다.
만년의 잃어버린 유년은,
반복이 때로 그렇듯, 필연적인 거지, 필요한 게 아니다.
잃어버린 유년이 버려져 홀로 깊어지고
만년에 달할 때까지 만년이 완성되지 않는다.
그때 탄식을 벗고 소리만 남아 더 이상야릇한
음악이 흐르지. 만년에 달한 유년이 만년의
음악이다. 어제의 잃어버린 유년을 생애 내내
어제 들은 것 같은 만년 음악이다.
누군가 최초로 만년을 알고 만년을 지은 음악이고
그 후 대대로 만년을 지은 음악이고 그러므로 누구나의

만년인 음악이다.
약동하는 것이 안온한 가난 아니고 안온한
틈이었다.
지나온 죽음과 지나갈 죽음 사이
사전과 사전 사이 사전 단어와 단어 사이
틈도 안온하다. 약동하는
단어고 사전이고 죽음이고 스스로
음악인 줄 모르는 음악이다. 기분 좋은
단절, 유년이 어린이 백과사전 아니고 어린이
국어사전 아니고 그 음악이다.
어머니 젖가슴과 아버지 회초리가 따스한 독재의
서열을 벗으며 흐른다. 친척 남녀가 덜 따스한 독재의
서열을 벗으며 흐른다. 남자애와 여자애
동무들이 똘똘 뭉치며 흐른다. 따스하다는 거,
온도에 불과하고, 인간은 변온동물이 아니다.
첫 운명이 그냥 춥고 배고팠을 뿐이다.
잊혀진 유년이 단지 따스한 기억만 남기고
잊혀지기 위해 잊혀진 것 아니고
그것이 제일의 까닭도 아니고 무엇보다 나중,
만년의 반복에 무언가를 입히기 위해 잊혀졌던 것이다.
그것은 가혹한 운명이 가혹한 채로
가혹한 것만은 아니라는 소리와 같다. 이야기 아니라
음악의, 음악 너머 소리 말이다.

그렇게 우리는 먼저 간 사람들의 생애도 받아들인다.

무명의 생애를 좀 더 신기한 약동으로 받아들인다. 생애보다

사진을, 초상화를 좀 더 기분 좋은 단절로 받아들인다.

가부키 배우의 과장된 정형(定型) 분장을 육화(肉化)하는

순간 놀람 정지 동작, 위태롭지만 기분 좋은 위태로

받아들이면 그 위태가 만년의 아름다운 비극성을 질질

늘어트리지. 흑선열(黑船裂, 〈ろふねぎれ〉),

도쿠가와 시대 초기 해적 정책에 희생된 포르투갈 선박

불에 탄 목재 갈라진 무늬도 그렇다. 죽어도 좋아…… 그것이

그렇게 말하지 않는다.

신화적 본토를 근대적으로 강점한 일본의 식민지

기억도 만년의 잃어버린 유년이 극복한다.

우리가 죽어도 좋다고 했던 것은 사랑이 극에

달했을 때 아니라 극에 달한 사랑이 곧 끝날 것을

느꼈던 순간이었다고 그것이 말한다.

이것은 음악이 연극을 탄생시켰다는 소리 같다.

이야기 아니라 음악의, 음악 너머 소리, 죽음 앞에서

망가지는 게 능사가 아니라는 소리 말이다.

과하다는 거 형용사에 불과하지만

부사로 쓰이면 벌써 욕이지. 너무 과도한 것은

좋지 않다, 이거, 역전앞보다 더 망가진 동어반복이다.

만년이 미리부터 치매 아니다.

치매가 치매하는 유년 아니다.

치매의 잃어버린 유년인 음악, 만년이 생각할수록

감광(感光),

평생이 안 그런 적 없었다. 가장 영롱한 것이 늘

방점이었다. 색이 달라도 언제나 처음부터 끝까지

약동의 영롱이었던 방점. 검은 것이 방점의 본질 아니고

결과 아니다, 방점의 잃어버린 유년이다.

그림자, 그림자가 암청(暗淸)과 명청(明淸)을 번갈고

사랑아 너의 만년이 나의 만년의 잃어버린 유년이다.

계절이 끝에서 끝으로 깊어 간다.

더 이상 그럴 수 없을 때 더 이상 그럴 수 없어서 봄이

오는

전망이 나의 창이고 너의 눈이다.

생이 어떻게 그 이상을 줄 수 있겠는가 그 이상은

반복인데, 후대가 우리를 이어 살 뿐, 그것도 어렴풋한

예감일 뿐

살아서 우리가 어떻게 매번의 탄생이 매번의 반복이기를

바랄 수 있겠는가, 그것이야말로 돌이켜 우리가 우리의

생에

저주를 퍼붓는 일인데?

우리가 그것을 알기 위해 진화하였다. 그 이상의 진화가

없다는 것을 확인하기 위해 여기까지 왔다.

그것을 위해 잃어버린 유년도 평생을 돌아왔다.
계절이 끝에서 끝으로 계속 깊어 갈 것이다.

3월

그렇게 셀 수 없이 많은 고유명사가 셀 수 없이
숱한 세월 늙으며 떠다니는 듯한데
그것이
공기 중 아니라 땅속인 듯하고 그것이
땅인 듯한데
언뜻
언뜻
저게 새
소리냐? 온갖 새소리냐?
새소리가 새라는 소리,
각각의 새소리가 각각의 새라는 소리,
온갖 새소리가 온갖 새라는 소리냐?
그런갑다, 새, 새까말 정도로 눈알이
작고 동그랗잖니. 들여다보기 전에
잡티 하나 없이 완벽의 불투명으로 반짝이잖니.
헷갈리지 마, 새 색색의
몸은 시선을 사로잡으려는 새 몸의

어긋난 질투일 뿐, 수풀에 봄의 초록을 입히는 것은 온통

새소리가 새라는 소리다.

아직 삐죽삐죽한 나머지까지 푸릇푸릇해질 때까지

그 소리 이어진다.

아직 미적대는 나머지까지 활짝 피고 가벼운

날것들, 이것들 앵앵거릴 때까지

그 소리 새소리가 새라는 소리다.

아직 굳어 있는 나머지까지 근육 풀리고 피가 돌고 표정에

홍조 스밀 때까지 가려운 데가 시원하고

덜 벌어진 것이 더 벌어지고 일그러지는 것이

일그러지기를 멈출 때까지

새소리가 새 정보 아니고 정보가 새소리다.

아직 작동되지 않은 나머지까지 땅속에서

징그럽게 꿈틀댈 때까지 바닷속에서 음흉하게 유유할 때까지

새, 하고 새를 발음하면 새가 소리의

몸이고, 형용과 무게와 의미 이전

소리의 몸이다.

아직 머뭇대는 나머지까지 황혼 낭자하고

봄밤 식물성 정액 향에 숨 막힐 때

그 향이 아직 암울한 나머지까지 도시 불빛으로 더 암

울한

과거의 색을 압도할 때

홀로 잠든 새, 아직 날지 않는 새다.

아직 날아 본 적 없는 새다.

우리 딴에 창세기보다 더 많은 일을 제 딴에 더

지루하게 치른 새다. 도무지 기적이라는

유난이 없었고 새소리도 수천만 년 된 화석의

손금을 풀 수는 없었으니. 인간의 화장과 패션도

전국시대다, 상관없을 정도로는 멀지.

새도 쓸데없이 난 거다. 난다는 것은 횡대 종대든

뿔뿔이 흩어지든 떼로 난다는 것. 스스로 부를

이름이 필요하다.

소리가 이름이고 소리에서 분리된 몸은

양식이 필요하다. 소리 평화가 물 건너 간 거지.

우스꽝스러울 정도로 큰 부리가 얼굴을 지우고

작은 새를 우스꽝스러운 맹금류로 만든다.

몸의 울긋불긋이 이리 살기등등할 수가 없다.

습성이 이리 냉혹할 수가 없다.

인간에 비해서만 소리 평화를 가까스로 기억할 수 있
는

새들이 인간의 마을 가까이 찾아가서 서식한다.

인간들아, 마을과 숲에 사는 새들

제비, 참새라 부르지 마라. 새들이 전혀

상관 안 하는 이름이다. 소쩍새, 쑥독새,
새들이 스스로 지은 이름과 약간 어긋나게,
어설프게 빼앗긴 이름이고 소리다. 휘파람새, 울새,
꾀꼬리, 파랑새, 새들이 듣도 보도 못한
소리고 색이다. 흰눈썹황금새, 노랑턱멧새, 인간
오만의 극치다.
기억력이 조금 나은 새들이 인간한테 더러더러
찾아오라고 들판과 산과 계곡에 서식한다.
가지가지 뻐꾸기, 딱따구리, 지빠귀, 까치, 까마귀,
딱새, 박새, 호반새, 멧새…… 새들이 인간들, 정말
가지가지 한다고 할 것. 종다리, 동고비, 두견이,
어치 그야말로 근사한 이름이지만 새들로서는
귀에 들리는 찌르레기와 눈에 보이는 올빼미가
차라리 더 그럴듯할 것.
기억력이 꽤나 좋은 새들이 가능하면 인간을
떠나려 습지와 바다에 산다.
왜가리, 백로, 해오라니, 고니, 오리, 두루미,
뜸부기, 가마우지는 물론 먹성 좋은
갈매기도 가녀린 개개비도 제 이름 부르면
깜짝깜짝 경기(驚氣) 들리지.
각각의 새 경기가 각각의 새라는 경기,
온갖 새 경기가 온갖 새라는 경기다.
그것도 모자라 깜짝도요가 있고 이름이

아무 소용없는 노랑할미새가 있다.*
이것들이 나는 새들이다, 자신의 소리 평화로
채색하며 불러낸 세상을 서식하며 나는
새. 그렇지 않고, 홀로 날다 나뭇가지에 앉았다면
새, 생명이 소리 무게와 색 모양과 뜻과
흔들림 혹은 떨림의 균형으로 이룰 수 있는
아름다움의 극치다.
그 생명에 서식하며 날지 못하는 인간 생명이
포함되고, 마땅히 포함되기 원하는 극치다. 왜냐면
식물이 생명의 모습 보이지 않고 나머지 동물 날지 않는다.
새 부리가 입맞춤만큼의 입으로 줄어든다.
고개를 너무 빨리, 방정맞게 짤막짤막
사방으로 돌리지 않는다.
나는 일과 쉬는 일에 몰두한 체격의
총천연색이 반 너머 심장으로 고동치며
세상을 수놓는다.
바닷새가 바다를 닮고 산새가 산을 닮고
봄에서 가을새가 봄에서 가을, 가을에서 봄새가
가을에서 봄, 순환하는 계절의 진전(進展)을 닮는
방식을 인간은 아주 늙어서야 어렴풋한

* 새들 이름과 서식처별 분류는 이우신, 『우리가 정말 알아야 할 우리 새
소리 백 가지』에서 참조.

느낌으로 알 수 있다. 그러고도 혼동할 수 있다,
생로병사와 사계를 그리고 산의 죽음과 바다의 죽음을
그리고 간(間)과 도(道)를, 복(服)과 착(着)을,
화(花)와 결(結)을, 그리고 뜻의 소리글자와 무늬를,
그리고 처음의 정보인 디자인과 나중이 목적인 디자인을.
그러므로 우리는 새소리를 새라는 단어의
물질이라 하자. 새라는 단어의 물질이 판자 집 슬레이트
지붕에 앉아 부잣집 지붕에서는 부르지 못했을,
지붕이 높아서 아니라 제 주변이 너무 난삽하여
부르지 못했을 거리의 봄을 부른다.
처녀라는 단어의 물질이 촉촉이 물을 머금고
처녀성의 복고풍을 벗는다. 그 거리의 봄이 번화가
패션의 봄을 부르고 여성 패션이 치렁치렁한
주름을 벗고 의상 대신 부푼 가슴과 의상 대신 새하얀
어깨선을 살짝 드러낸다. 벗지 않은, 혹시 검은색 계통
타이츠 입은 종아리 선을 과감하게 드러낸다.
그것만으로 대낮이 새하얗다. 어딘가 더 청순하지만
어딘가 청순보다 조금 더 발랄하다.
숄더백이 조금 더 흔들린다. 싸늘한 고요. 기다림도
기대도 없다. 왜냐면 처녀성도 이제 뜨거운 절정이다.
새라는 단어의 물질의 백열(白熱)
물질성이 그렇듯. 그리고 사실 진짜 남자는 가을에 오고
그 얘기 야하지. 처녀라는 단어의

물질이 살짝 얼굴을 붉힐 정도로.
봄은 몸이 약간 앞장서 가면서 약간 뒤늦게 뒤에서
아름다움의 절정에 달하는 것. 그러니
여자는 앞이 아무리 요란하더라도 결국
꽁무니 패션
마무리에 유의할 것.
남자는 뒤가 아무리 조신하더라도 우선
그것 앞세운 패션에 유의할 것. 새라는 단어의
물질이 제 혼자 도를 넘고 있다. 여긴 엄연히
부끄러운 것이 엄연히 부끄러운 인간 세상이라구.
엄연이란 단어의 물질이 조금씩 흐물흐물해질망정
엄연히 봄은 인간이 자연과 가장 자연스럽게 만나며
도를 넘지 않는 만큼 아름다운 것이지.
그런가? 그래서 바깥에 있는 자 밤이 그리도
안타까움으로 아름다운가, 아니면 알짜배기 속에
있는 자 밖을 내다보면 밤, 그리도 폭발적으로 아름다운가?
새라는 단어의 물질 잠든 지 오래인 밤거리 여성 패션
흐트러지지 않으려 화려가 길길이 뛰고, 밤이 덩달아
갈팡질팡한다.
준비된 처녀란 없다. 처녀라는 단어의 물질로도
없다. 놀랄 일도 아니다. 사랑의 시작인 봄의
결과가 처음부터 비극으로 예정될 수 있다는 거.
밤에도 꽃 핀다, 펑펑 꽃 핀다, 탄성 지르며,

그 아름다움의 원인의

구조도 모르면서, 왜냐면 아름다움이 아름다움이라는

단어의 물질로 될 수가 도무지 없더란 말이지. 사내가

감격과 슬픔 말고도 감정의 까닭이 그토록 복잡하고,

무엇보다 난해해서 눈물까지 안 갔기에 쪽시럽지

않은 것이 그나마 다행이더란 말이다. 여성 패션이 어느새

씻긴 듯 단정하다. 하긴, 집에 가서

눈 좀 붙여야 한다. 내일도 봄밤이 길 것이고

지금도 귓전을 맴도는 새라는 단어의 물질이 내일은

마음에 둥지 틀고 마음을 애달캐달도 아니고

뒤숭숭하게만 할 뿐, 멀쩡한 처녀로서는 달리 어찌해 볼

도리가 없는, 총각도 멀쩡하다면 달리 어찌해 볼

도리가 없는 날이 오래오래 이어질 것 같다.

여름의 왕성(차라리 낫지), 가을의 비장(秘藏, 훨 낫고), 겨울의

죽음(허걱)을 건너뛰고 내년 봄으로 그 이듬해 봄으로

영영 이어질 것 같다.

싫지 않다. 딱히 집에 들어가고 싶은 것도 아니다.

그냥 잠들고 싶다.

아무 데서나 잠들 수 없지만

그냥 조금만 아주 조금만 더

천해지고 싶다.

윤달

사물을 묘사하지 않고
사물이 바로 사물 묘사다.
구름부터 시작하면 쉬울 것 같다.
키클라데스 문명의 허여멀끔한 기하학
덩어리 대리석상을 생각하면
인간적으로 쉬울 것 같다.
구름보다 더 쉬운 것은 아닐 것 같다.
돌담을 생각하면 인간-자연적으로 쉬울 것 같고 그것도
대리석상보다 더 쉬운 것은 아닐 것 같다.
도해가 가장 어려울 듯. 그보다는 도시 외관이 더 쉬울 듯.
오래될수록, 만리장성처럼 길수록 쉬울 것 같다.
그러나
사물의 뜻이 '물질세계 속 구체―개별체'고
그 뉘앙스가
'움직이지 않는 단 하나의 것'이니
생각건대 가장 쉬운 것이 가장 어려운 것이다.
단 하나 사물이 단 하나 사물 묘사다.
아주 작을수록 눈에 보이는 최소한으로
작을수록 쉬울 것 같다. 단 하나 움직이지 않는 빛 입자가
단 하나 움직이지 않는 빛 입자 묘사다.
어느 정도 크기까지 묘사일 수 있나가 관건일 것 같다.

단 하나 움직일 수 없는 해골이 단 하나 움직일 수 없는 해골

묘사다. 단 하나 제 혼자 움직일 수 없는 악기가 단 하나 제 혼자

움직일 수 없는 악기 묘사다.

그렇게 어디까지?

사실은 끝까지 사물을 묘사하지 않고

사물이 바로 사물 묘사다.

그림이 단 하나 사물 묘사의 단 하나 사물 묘사 아니다.

사진도 그렇고 조각도 그렇다. 단 하나 묘사라서

평면과 차원이 없으니 그렇고 목소리가 없으니

음악도 어림없다. 이야기가 없으니 소설도 어림없다.

하지만 사물이 바로 사물 묘사가

그렇게 빡빡해서야 끝까지가 어디까지?……

그렇게 자신 없는 마음으로

윤달이 있다.

그렇게 주인공도 아니고 바탕도 아니라서

누군가 대신 말하거나 대신

배경을 깔아 줘야 하는

윤달이다.

사물이 사물 묘사는 기억만 있고 그 기억이

바로 사물 묘사의 변형이고 그래서 사물과

비로소 분리된 사물 묘사가 그림으로 음악으로 소설로

나아가고 그래서 거꾸로 소설은 물론 음악과 조각과
그림과 사진과 온갖 예술 장르의 이야기가 있고,
그사이 혹은 와중 사물의 목소리도 있는 거다.
이를 테면 꽁치 굽는 비좁은 먹자 골목길 바닥을
선창보다 더 어지럽히는 부슬비
목소리가 있다.
그 비린내로 반짝이는 돌멩이 목소리가 있고
그것을 밟는 발자국 소리, 목소리가 있다.
닭다리 안주 푸짐하고 도도한 취흥에 서비스
된장찌개가 다시 끓어도 아직 가난한 어부 있고
내리는 비 결국 쓸쓸한 가을비고 생도 결국 그럴 것이라
는, 뭐
그래도 괜찮지 않겠냐는 소리, 목소리. 그 목소리에
농촌이 없지. 우리가 흙에서 태어나 흙으로 돌아간다고
말하지 않는다. 생이 사소하게 시끌벅적대고
추적추적 내린 바닥 진창 빗물이 우리가
바다에서 태어나 바다로 돌아간다고 말한다.
그 엄청난 파란만장을 더 사소한 시끌벅적으로 말한다.
진심도 지나가는 위안도 아니다. 잠시
잊으라는 수준이다.
왜냐면 아무리 부슬부슬 내려도 부슬비가
너무 큰 비극을 어쩔 수 없다.
휘몰아치는 폭풍만 너무 거대한 비극을 어쩔 수 있다.

거기에 목소리가 없지. 정지하면 거대한

분화구처럼 보일 뿐이다.

같은 생 같은 처지라도 담배와 촛불의 목소리가

상극인 것은 나름 자신의, 불의 생애가, 자신의 생명이

하나는 너무 짧고 하나는 너무 길다고 생각하는 까닭이

지만

바다가 고달픈 역정이고 땅이 안온한 요람이라는

또 다른 목소리가 있는

더 깊은 까닭이다.

각각의 명사가 각각의 구체를 굳힐 뿐

구체화하지 않는다는, 그 구체화를 다시

명사화할 뿐이라는, 그런 구체들의 죽음이 그냥

각자 인체와 마음에서 군사(軍事) 종말에 이르는

각각의 모든 분야에서 분야별로 깊어 갈 뿐이라는,

더 깊은 까닭도 있다.

언어는 의식주도 수공구도 전자제품도 아니다.

우리가 지킨 최대한이고

우리가 열어 갈 최소한이다.

우리 바깥에 널린 것들을 붙잡아 두기 위해서 아니라

우리 안의 감각들을 더 열기 위하여

언어 이후 우리가 언어 이후 언어를 열어 간다.

오렌지! 하고 외치면 오렌지가 실제로 손에 잡히고

먹을 수 있었던 언어 마법 시대, 언어가 명사의

구체 설명, 구체의 상세 설명 너머 아예 실물이었던
언어 신화시대 다시 올 수 없고, 올 필요 없다.
올 수 없기에 올 필요 없는 것 아니지.
우리가 열어 갈 것이 온갖 장르를 겪으며 질을 높인
언어의 그 수준 구체 너머 그 수준
사물이 사물 묘사다.
단 하나 사물이 단 하나 사물 묘사다.
어리굴젓도 목재 문도 죽은 생명이
명사로 다시 태어나는 언어 기쁨으로 몸을 떤다.
적나라한 기쁨으로 약동하는 생명들은 땅에서 바다에서
하늘에서 말할 것도 없고
혹시 생명이 어느 생명에게나, 특히 인간한테(그렇겠지)
한 일이 바로 저지른 일인 죄와 벌이라면
이 언어, 의연한 복수다. 누굴 해치기는커녕
죽음의 덜미를 잡아 강제로 생 안에 끌어들인다.
그리고 그것을 한낱 공간으로 만든다. ― 예로부터 죽음이
우리한테 해왔던 방식 ― 그리고 그것을 우리의 옛날식
명사로 굳혀 버린다. ― 또한 예로부터 죽음이 우리한테
해왔던 방식 ― 그리고 그것을 언어의 빵으로 만든다.
예로부터 죽음이 우리한테든 자기 자신한테든
생각도 못했던 방식이지. 공중에서 지상에서
죽음에 좀 더 가까웠던 나비와 이끼 몸이 좀
가려운 줄도 모르고 가려웠는데 이제는

간지러운 줄도 모르고 간지러울 거라.
바닷속 새우가 굽은 몸 좀 더 팍팍 펴거나
좀 더 빠르고 과감하게, 파르르 떨듯
몸 굽혀 펴기 하고 싶을 거라.
고래가 좀 더 착하게 아하무인이고 싶어도 좋다.
해변은 인간이 만물의 도움을 받으며
이제 제 혼자 만물의 영장이어도 좋은
광경을 펼쳐도 좋다.
레스토랑에서 블랙커피 한 잔 마시며
통유리로 내다보면 더 좋고 조가비들 각각
제 안에 자신만의 오케스트라를 품었고 오케스트라가
오케스트라
묘사 너머 연주다. 저런,
피 뚝뚝 떨어지는 생고기 한 덩이…… 쯧쯧. 나이 어린
엄마도. 저런, 쯧쯧. 왜냐면 죽음은
끌어내고 또 끌어내도 죽음의 여분이 남아 있다.
그만큼은 단 하나 죽음이 단 하나 죽음 묘사.
좋은 일이지. 죽음이 제가 늘 감당해 왔던 몫을
감당하고 있는 거니까. 죽음이 죽음 묘사가
아무거와 아무거 사이 제 스스로
주인도 손님도 없는 가게처럼 말이지. 죽음은 창작
방법론이 아니고 오른손 하는 짓을 왼손이 모르는
후원자들의 후원자다.

평화의 비둘기, 다들 이래도 되는 건지 이렇게
개구리 우는 소리까지 장소를 이탈해도 되는 건지
어리벙벙할 것. 왜냐면
장소를 이탈한 소리가 바로 목소리다.
말, 힝힝 대지 않고 말한다. 염소, 매에 대지 않고
말한다. 아니 힝힝 말하고, 매에 말한다. 싱싱한
똥내 풍기며. 붉은
장미, 장미가 장미
묘사고 몸짓이고 색이고 봄[見]이다. 노리다케
접시, 접시가 접시 묘사고 담지 않고 계속 비워 내며
둥글게 비어 가는 묘사다.
미래의 농촌도 그렇게 있군. 그때 감자가 여전히
목숨의 감자 묘사였으면 한다.
포도주가 여전히 생명의 피 묘사였으면 한다.
말라깽이 예수 아니고 모두 조금씩 통통하고
그래서 더 아름다운 묘사였으면 한다.
농촌이 그 희망을 벗을 수 없고 벗을 필요 없다.
왜냐면 그것이 농촌과 죽음의 가장 아름다운
조화이자 조화 묘사다.
윤달이 그렇다. 윤달의 말이 그렇고 윤달 묘사가 그렇다.
모든 달의
반영의
묘사로서.

4월

승계가 전혀 삐딱하지 않게 진행될 수는 없다.
운명이고, 어설픈 비전이 승계를 아예
표적으로 만드는 수가 있다.
한없이 순정하더라도 이빨은 이빨이고
순정한 이빨이 한번 물면 정말 놓아 줄 줄을
모를 테니 이제 여러 갈래 갈림길,
우선 될 수 있는 대로 선(線) 굵게 너무 굵어 검정이 강렬한
보라 될 정도로 여러 갈래 나아갈 밖에 없다.
집도 새도 물오리도 구름도 여러 갈래 길
여러 겹 굽이치는 출렁임에 휩쓸려 든다.
그것을 외길 삼아 다시 새로운 풍요를 이루는 일.
오래된 것이 새로워지는 자연의
비의(秘儀)를 이루는 일. 따사로운 햇살로
인간이 인간인 것을 점차 잊으면서 말이지.
이번에도 꽃들만 조심하면 된다.
걔들은 정말 제 주제도 모르고
까르르 까르르 나대면서
인간과 너무 가깝거든. 자연의
비의는커녕 그냥 헬렐레 헤벌어진
국부(局部)가, 이런 젠장이 따로 없다.
집꽃 들꽃 가릴 거 없고 색꽃 냄새꽃 가릴 거 없다.

광포한 인간 욕정의 야비할 정도로 아름다운
메신저로서 말이지. 그것들 인간의 찬사를 따로
챙기는 구멍, 그것들 없이 호수 없고
국가 없다. 성당도 무덤도 없지 그것들, 인간들보다
훨씬 더 비루하게 늙어 주는
위안부 노릇도 하거든. 인간이 바람 부리며 점점 더
자연을 아는 체하다가 결국은 자연보다 훨씬 더
질 낮은 죽음을 맞게끔 만드니 그것들 얄짤 없는
복수 여신들이기도 하다.
사랑을 가혹한 운명이라 칭하며 그 결과도 반성하지 않는
신화와 노년의 인간에게 꽃이라니 가당찮고
꽃 없었다면 인간이 듣는 식물의
울음소리 따위 있을 리 없다.
도대체 작년의 죽음을 잊고 새롭게 풍요를 이뤄 가는
그것들이 우는 까닭이 뭐고, 장차 올해의 풍요를 잊고
새롭게 죽어 갈 그것들이 울 까닭은 또 뭐난 말이지.
자연이 양(量) 아니고 하나부터 열까지 자연이다.
인간이 자연의 면적을 파먹고 자연의 질을
훼손하기는커녕 인간의 자해 면적을 늘리고 인간
자해의 질을 악화한다.
인간 출현 전 하나부터 열까지 자연이었던 자연이
인간 멸망의 폐기물 그 자체로도 하나부터 열까지
자기도 모르게 자연인, 그러므로 생명이 생명

묘사인 만큼 죽음이 죽음 묘사인 자연이다.
인간이 유일하게 죽음을 위대한 과거
이미지로 찾는다. 왜냐면 인간이 유일하게 죽음을
죽음 묘사하지 않고 명상한다. 꽃의
작란(作亂)이지. 이따금씩 깽깽이 소리도 내는,
그 작란 없다면 크든 작든
수풀이 본래의 위용을 드러낼 수 있을 것.
키 크는 게 아니라, 아니므로 더욱 볼 때마다
새로운, 모든 생명이 머리카락과 발바닥까지
어우러지는 신록(新綠)의
위안 아니라 위용 말이다. 자연이 서사시 아니라
사건 아니라 긴긴 시간이
수포로 돌아가지 않게 하는
몰락 없는
의미라는 사실 말이다.
고요한 것들이 어떻게 고요하고 떠 있는 것들이
어떻게 떠 있고 그런데도 움직이는 것들이 어떻게
움직이는 기적 말이다. 동방박사,
차가운 하늘에 얼어붙어 별이 된 죽은 이들의
상투(常套)를 벗기는 일, 인간이 이제부터라도
자연에 자신의 가련(可憐)을
추억으로도 들씌우지 않는 일, 예찬할 것을
예찬하더라도 잃어버린 것을 슬퍼하더라도

함부로 호명하지 않는 일 말이다.

왜냐면 호명은 번번이 호명하면서 자신의 이름을 잃는다.

춤을 출 수 있으나 죽음을 모르고 그래서 역사지만

역사가 오히려 역사의 죽음을 모른다.

재림만 안다. 역사를 과거로 아름다움을 과거 회귀로

혹은 욕정 속으로 미로를 내는 것으로

오해하지 않고서야. 가장 하등 자연의 미생물도 그렇게

멍청한 짓은 않는다. 더군다나 새로운 생장 속으로

들 때는 말이지.

그러나 소리, 소리로만 들으면 이 소리가 다

꽃 피는 소리. 아무 대꾸 않고, 그럴 겨를 없이,

그러나, 그러나, 그러나 만으로, 그러니까

활짝, 활짝, 활짝만으로 왕성하게 피는 소리다.

그리고 그 소리가 그대로, 동시에 자신의 왕성을

그리 다소곳한 원색의

자태로 수습한 꽃이 이렇게 묻는 소리다.

나로 인한 인간 슬픔이 없다면

시간이 있는가? 소멸하며 소멸시키는

소멸의 시간이 없다면

아름다움의

소용이 있는가?

그리고 그 질문이 '없다면 없다'는

대답인 소리다.

자연과 인간을 합친
온 땅 꽃으로 뒤덮이고 벌 나비
지천이더라도 시끄럽지 않은 소리다.
꽃의 화냥기가 인간과 자연 성욕의
순정 개념도 낳았다. 아름다움이 돌이킬 수 없는
2차원 비극으로
제록스 복사되었고, 그 꽃잎
털끝 하나 변경될 수 없다.
인간이 그 주변을 맴도는 것만으로 아름다움의
차원을 높일 수 있다는
생각 앞에 그 꽃잎 순정
절벽이지. 아무리 품어도 성욕의 절벽이 성욕의
절벽을 뛰어넘을 수 없다.
늙지 않고 시들어 버리는 꽃의 또 다른
절벽 앞에서 성욕 없는 인간의
늙음도 절벽이다. 꽃으로 착각했던
인간이 결국 꽃으로 착각하지 않는다.
아름다움으로 착각하는 인간이 결국
계절과 다른 생로병사에 묻어나는
영원의
뉘앙스를 느낄 수 있다.
오래도록 낯익은 것이 새롭게 들린다.
낯익은 바로 그만큼 새롭게 들린다.

낯익다는 사실이 그렇게 새로울 수가 없다.
꽃으로
인간이 약간만 고치면 자연이 바로 그런 내용이다.
꽃으로
자연이 약간만 고치면 인간이 바로 그런 반향이다.
꽃으로
인간과 자연이 서로의
서론일 수 있다.
중심이 중심을 벗어나는 꽃잎의
꽃이 피고 피고 또 피고
아직은 지지 않는 까닭.
인간이 자연의 과거고 자연이 인간의
미래일 수 있는 식으로도 그럴 수 있다.
그래서 인간이 꽃 피는 것을
흐드러지게 핀다고 표현했던 것일 수 있다.
꽃의 치욕으로
어느 쪽도 비굴하지 않을 수 있다.
꽃의 영광으로 인간이
아주 사적인 자연일 수 있고 바로 불굴의
자연일 수 있고 자연이 바로 인간의
구멍까지 아름다운 영혼일 수 있다.
인간이 자연의 과장 없는 웅변일 수 있고
자연이 인간의 줄여 말하는

훈련이자 재미일 수 있다.

중심이 중심을 벗어나게 하는

인간과 자연 사이 혼연일체

꽃이 피고 피고 또 피고

일단은 영영 지지 않을 것 같은 까닭.

마침내

고유명사 꽃,

비전이 자연의

성질과 비유를 벗는다.

정지인 성(性)을 벗고 움직이는

질(質)이 비전의 내용이다.

꽃의 순결로 시작된 중세의 온몸이 온몸인

꽃의 순결로 무너져 내린다.

꽃의 타락으로 시작된 근대의 온몸이

온몸인 꽃의 타락으로 무너져 내린다.

꽃의 실종으로 시작된 현대의 온몸이 온몸인

꽃의 실종으로 무너져 내린다.

지금 이곳이 송두리째 새로운 인긴에게 인간의

토착(土着)까지 아름다운 자연이기 위하여.

자연에게 자연의 죽음까지 아름다운

인간이기 위하여.

꽃이 피고 피고 또 피고

곧 시들 것 같은 까닭. 소리로 들으면

도시와 농촌 사이 계절이
꽃인 까닭.
그것까지도 꽃이 피는 소리일 수 있다.
도대체 어디까지 꽃이 피는
소리냐?
도대체 어디까지 꽃이 필 수 있는 소리냐? 도대체
어디까지가 꽃이 피는 소리일 수 있는
소리냐?
그 소리까지 꽃이 피고 피고 또 피고
그치지 않는다. 일단 비가
그것도 한바탕 쏟아질 때까지 그치지 않는다.

5월

시간이 안 보이는 과일을 익히는
여성 누드, 수확한 과일이 좀 더 익어 가는
시간인, 특히 붉은색 짙어지는
여섯 장 꽃잎 꽃이 안 보이는 시간의 붉은
석류를 익히는, 그 뒤로 희미하게
벌거벗은 것이 죽은 대가들의
남녀 없이 근엄한
육욕 아니라 육감(肉感)인.

시대 없는 여성 누드 그 생성과, 최소한
생성의 어떤 단계와,
시대 있는 근엄 자신이 연관 있는
모양.
자칫하면 근엄이 근엄을 주장히겠지만
주장이 아무리 의고체(擬古體) 활자 깨알같아도
여성과 누드의 합으로서 여성 누드를
훼방 놓기는커녕
윤곽을, 그러다 자신이 투박한
원초(原初)로 낙착될까 봐 자신을
드러낼 수는 없고, 드러나는 윤곽을
강조하려는
의지(意志) 쪽인 모양.
처녀 아닌 정도로만 풍만하고 곡선 완만한
여성 누드가 판(版)을 거듭하여
모를 게 없지만 몸이 홧홧 달아오르는 그런 건
아예 알고 싶지도 않고 그냥
만물의
영감(靈感) 정도
불 지르고 싶은
모양. 정말 만물의 영감이 불타오르고
싶지만 여성 누드 너무 조신하기도 한
모양, 타도 되나, 타도 되나?

묻지 못하고 또한 그냥
쭈뼛거리는, 만물을 위한, 만물에 의한, 만물의
잉태 아닌 임신
모양.
그보다는 구역질 없고 상냥한
덧니 하양만 남은
입덧 모양.
누가 모든 것을 집어삼키는 여성이라 했나,
그러면 또 어째서?
모든 것이 그 모든 것이라서 여성 누드가
육(肉)을 윤곽 이상으로 드러내지 않는다.
그 앞에서 자칫하면 남성 누드가
버려지인지 모른다. 버려지만도 못하게
안타까움 없는 위안을 누려 버리는.
여성 누드, 아직 보여 줄 것 많이 있다는
내색도 없다. 그건 봉오리 때,
돌이킬 수 없이 지나간 그때 얘기라는 듯이
여성 누드, 시야 전체를 전면적으로
곡선화하는 데 몰두한 모양. 그 모양이
안심하고 깊어질 수 있는 평면의
유일한 방법이라는 모양.
소나기는 얼마든지 좋다. 번개는
예로부터 금물. 어딘지도 모르는 내 몸 어딘가를

저질러 버리고 내 몸 아닌 것 같은 어딘가에
불탄 자국만 남긴다. 여성 누드,
몸 아닌 몸, 볼륨 없는
전면적, 눈에 보이는 지상과 하늘의
평면 상(上)
몸 아닌 몸 아닌 곳 아무 데도 없다.
스스로 여성 누드인지 모르고 여성 누드가
행위 없이 행위의 결과만 남은
습기의 기억이 결과적으로 제거된
조루(早漏)였던 거지. 석탄 목탄도
여성 누드가 윤곽에 갇혀 비린다.
누가 여성 누드, 자신을 함부로 만지는
손길 같고, 그게 싫지 않지만 누가
여성 누드, 자신의 역할을 임신에서
탄생으로 바꾸려는 것 같다.
탄생이 어떻게 전면적인 창조일 수 있나?
세속의 임신 너머 세속이 임신인 여성
누드다. 검댕 굴뚝도 그 안에서 빛을
다소 하얗게 꼼지락댄다.
만물이 여성 누드 모양 안에서 여성 누드 모양을
감지하는
생명의 기쁨, 끊이지 않는 노래가 끊이지 않는
까닭도 다소 하얗게 꼼지락댄다.

그것에 직선이 없다.

Key-line은커녕 선(線) 자체가 없다.

근육도 해부도 없다. 해석과 표현 없다.

그러니

따스함이 정말

예술이지.

그러고 보니 근엄한 육감의 죽은 대가들

사라졌다.

아주 오래전 혹시 그들 당대에 당대로

사라졌던 것처럼 사라졌다. 그렇게

사라졌다는 듯이 사라졌고

누워 있거나 서 있거나 등 돌리고 있지 않다 여성 누드,

아무도 모르는 치부를 아무도 모르게

가리는 만큼만 굽은 자세다.

얼굴 있거나 없거나 보이거나 안 보이지 않는다 여성 누드,

아무도 모르는 얼굴을 아무도 모르게 가리는

만큼만 팔과 손을 사용하는 자세다.

흑백도 천연도 아닌 자연의

색, 풍경으로 있고 풍경으로 보이는, 달리는

보이지 않는 색이다.

젖가슴 탱탱하고 젖꼭지 뾰족하고 나머지는

상상에 맡긴다, 여성 누드,

그래도 되고 그래야 된다는 듯이.

그것이 여성 누드, 임신이라는 듯이.

눈에 안 보이는 시간이 눈에 안 보이게 눈에 안 보이는

전면(全面)을

손보는

모양이라는 듯이.

시간이 대형 건물 통유리창이고 자신이

거기 묻은 입김이라는 듯이. 끝까지

따스하고 싶다는 듯이.

이상하지. 그때쯤이면 그 즐거웠던 날들

다 지났고, 그래도 괜찮고 그런 상태가 아주

오래갈 것 같고 그런 일 전에도 있었고 앞으로도 있을

것 같고

그래,

나른한데,

거리에 빨간 모자 처녀들 저리 많다, 뒤늦은 등장의

폭발처럼 많다. 어쩌란 말야 풍으로 많지 않고, 우리

이렇게 많아요 식으로 많다. 젊었던가, 젊었던가,

내가 이리도 젊을 수 있었던가…… 여성 누드,

늙은 몸의 탄식 같다. 늙은 몸이 무능한 몸

아니라는 것을 하릴없이 아는 늙음 몸이

거리로 나가지, 첨단 유행의 거리로 여성 누드,

단 한 벌 허름한 외출복 같다, 일 나온 중년 과부

파출부 여인. 일 끝나고 나오면 밤이

느닷없이 불야성, 시대 없는 성내(城內) 되어
더 뜨거울 것을 그녀 중년의 몸이 벌써 알고 있다.
그녀 몸도 어쩔 수 없을 것을 하릴없이 알고 있다.
그렇게 조심하고 조신했건만,
여성 누드,
이미지란 아무리 기를 써도 이렇게
맥이 빠지는
일이고 짓이군.
그러나 이 계절
그녀가 조심과 조신에 최선을 다했기에
타락의 이미지가 아름다울 수 있었다.
안 그랬다면
불야성은 무슨.
무슨 액즙 같은 것만 거리에 질펀했겠지.
안의 안에서 무슨 일이 벌어졌건 상관없이 말이지.
여성 누드,
아름다운 육체가 할 수 있는
아름다운 일을 모두 다하였다.
그 밖으로 새는 것이
그녀가 있어 그녀를 통해 샌 것 아니다.
그녀에도 불구하고 그녀를 통해 샌 것이다.
여성 누드가 임신을 알고 출산을
모르기에 아름다웠던,

아름다운 여성 누드다.

그래서 아무리 화려해도 밤이 제 몸을 웅크리고

그 아치 위로 다시 달과 별이 뜨고 진다.

달이 달만큼 차갑게 별이 별만큼 뜨겁게. 그것이

밤의 여성 누드고 거기서 달빛 별빛과

유성만 쏟아진다. 젖어서

슬플 것이 하나도 없다.

여성 누드, 그 밖으로, 그 밖의 생이

고(苦)라서 그것을 생애의 고통으로 압축하고,

그것을 다시 젊음의 생으로 압축하고,

그것을 다시 십자가 수난으로 압축하는

방식으로 치러낸 한 사내 있었다는

이야기 하나 새 나왔고 여성 누드,

평생 그 압축을 푸는 여성 누드다.

여성 누드가 여성 누드 스스로 제 몸보다

훨씬 더 큰 슬픔인 것을 모른다. 그 모양이

제 모양보다 훨씬 더 분명한 것을 모른다.

여성 누드, 자신이 그렇게만 태어난 것 모르고

지나 놓고 보니 음악은

열에 아홉 그것이 불만이었는데.

6월

고고인류학자들이 죽어라 파내는 것은
시간의 무덤 아니고 미술의 무덤이다.
시간은 자신이 자신의 무덤이고 그
미술의 무덤이 파낼수록 미술의 무덤이 되는
무덤이다. 발굴이 미술 행위라고나 할까.
발굴 터 개요(槪要)로만 남지 않은 게 얼마나
다행인가, 기둥 점점이 박히고 벽 줄줄이
그어진 그것들이 시간의 쩡쩡한
얼굴이라고 우기지 않게 된 것이?
선사와 구석기, 차탈휘익, 트로이, 이집트, 미노스, 미케네
미술이다.
이집트 미술이 이슬람 인도 그리스 비잔틴
미술이다.
신고전주의가 낭만주의 인상주의 아르누보 다다
초현실주의 입체파 개념
미술이다.
미켈란젤로 렘브란트 고야 고흐
고갱이고 샤갈이고 달리다.
어디까지보다, 요는 그러면서 우리가 모두 각자
고고인류학자 되어 간다는 거지. 파고 또 파는
인터넷이 미술이고 그 언어와 그 고전이다.

악플은 어디에나 있는 그냥 난무(亂舞)다, 생장이
역사와 발굴사의 어설픈 일심동체라는 점을
강조하는, 그 이상도 이하도 아닌. 폼페이
화산 폭발 유적 발굴의
경악이 그 생장을 경악시켰다는 소리
들어 본 적 없잖아, 스톤헨지잖아?
지금,
강이 마법적으로 흐른다. 자연 아니고
자연주의로 흐른다.
동서양이 만나지 않고 늘 있던 그 이전이
이제야 드러난다, 동서양의 지금 만남으로.
만물에 영혼이 있었다는 것보다 더 중요하게
만물에 영혼이 있다는 믿음이 있었다는 미술의
무덤 그 안에 가내와 수공의
기하학도 도시의 광란도 있었다는 거.
자연의 기하가 자연주의를 낳고 기하의 기하가
색의 광란인 그 속으로
화가가 더 깊은 미술의 무덤을 판다는 거.
미래는 아니고 무슨 결국 못 지킨 약속에서
처음부터 지킬 수 없었던 약속까지
파는 것처럼 파는 것 같다.
복사가 아니기 위하여 파내는 것 같다.
그림 하나가 새로운 양식이면 된다.

그림 하나가 새로운 양식인, 그런
장르면 된다.
최소한 두 겹 시선이니 대단원으로
비명은 금물. 왜냐면 아무리 두 겹을 빠져
나왔더라도 그것이 세 겹 네 겹을 찢는다.
탄식도 사양. 왜냐면 아무리 겹과 겹 사이 눌러
앉더라도 그것이 세 겹 네 겹을 눌러 앉힌다.
초목 우거진 산이 눈 덮인 때보다 얼마나
더 두터운지를 비명이나 탄식이 알 리가 없다.
이 말에 묻어나는 비명과 탄식도 알 리가
없다. 비명의 탄식은 말할 것도 없다.
평면의 오르가슴을 추구하는 데서 그치는
사례가 부지기수였으나 그 깊이를
쌓아 온 역사가 희박하지 않았나?
화가가 아니더라도 눈물로 그린 세상 보이고
울음으로 새긴 세상 보이지 않는,
지상보다 천상이 더욱 울음으로 새긴
세상인 것이 더욱 보이지 않는
가시(可視)의
저주가 지금도 도처 펼쳐진다.
눈물의 무지개 색이 울음의 총천연색을 가리는
눈에 보이는 생각이 눈에 보이는
이 지경에 이를 때 딱히 행운일 것도 없이

고고인류학자들이 파내는 것은

시간 아니고 미술의 무덤이다.

시간이 벌써 빛 아주 멀리 가는

손전등이고 벌써 너무나 작아져

굵기와 길이가 엄지 정도라 나머지

네 손가락으로 움켜쥐기에 앙증맞을 정도다.

여러 차례, 숱하게 실패하지 않는, 상처 없는

생이 어떻게 있을 수 있겠는가,

묻는 것처럼 빛이 멀리 가고 묻는 만큼

멀리 가고 그 말인 것처럼 멀리 간다.

일체의 유령을 벗고 끝내 자신도 벗을 섯처럼 간다.

아니, 요는 꺼진

눈자위지. 검게 꺼진 눈자위 테두리

검은 상자 그것으로밖에는

빛의 행방을 현상(現像)하기는커녕 점칠 수조차 없다.

그것 없이는 세상의 아무리 화려한 색깔도

화려할수록 각각의 평면이다.

그 상자가 세상의 테두리일 때까지 빛이 나아간다.

동물들 모습이 움직임으로 좀 더

기발하여도 좋을 것이다.

식물들 모습이 안정으로 좀 더

세부가 기묘하여도 좋을 것이다.

처음이 낯설 뿐 뭐가 어렵겠는가. 한없이

거슬러 올라가는 탄생이 한없이 늦춰지는
탄생이다.
다만 색의 소원이 색으로 모든 이야기를
다하는 것에 그치지 않는다.
사소의 거룩을 넘어 거룩의 한계이기 위하여
자신의 모양과 질감을 벗는다.
그리고 들여다볼수록
색들 각각,
혼미하고 또 혼미하다.
혼미다. 혼미의
덩어리로만 모양과 질감이 있다.
몸 없는 거룩이 있을 수 없고
다름 아닌 영혼이, 거룩하기는커녕, 거룩의
몸을 묘사하기에도 너무 뚱뚱한
개념이라는 듯이.
정지와 운동의
피에타, 피에타,
누가 누구의 피에타
형용인지, 피에타 피에타,
누가 누구의,
어느 것이 어느 것의
피에타
풍경인지, 피에타 피에타

상관없다는 듯이.

만물이 만물의

완전무결로 투명한 씻음의

상처일 때까지.

상처의 씻음 아니라 씻음의 상처,

손톱의 가학도 발톱의 피학도 없이 말이지.

부활, 그건 식물보다 더 질 낮고 더 촌스러운

비유, 짐승이나 한 번쯤 생각해 볼 비유다.

그러기에는 날이 너무 화창하고 정신이 너무

말짱하다는 거지. 놀랍지 않나, 그렇게

세세한 이야기가 그토록 길게 이어질 수 있다는 것이.

먼 훗날 우리가 만난 적이 있기는 있었나?

문득

노크 소리가 심장을 심하게 두근대지 않았나?

영혼으로 결코 부활할 수 없고 흙에서 왔다가

흙으로 돌아가는 이야기는 생명 이야기지

죽음 이야기가 아니다.

개념으로 결코 육화할 수 없다.

Giovanna d'Arco도 Joan of Arc도

Jeanne d'Arc가 아니고 Jeanne d'Arc

이름도 아니다.

알레고리, 슬픔이 끝까지 슬프고 결국

슬프다는 뜻.

육체라는 자연을 좀 더 깊이 파고드는
미술의 무덤이 있다. 시간이 어떻게든
육체적으로 될 때까지 파고드는 미술의
무덤이 있을 것이다.
어디서 많이 보았던 것이 인터넷
조회 수를 능가하며 쌓이는 식으로
지옥도가 몇 방울
코피처럼 완전히 씻겨 나가는
처음 보는 풍경으로 있을 것이다.
단 한 번 있을 것처럼 있을 것이다.
산 것들이 두려움 없이 내세 없는 죽음을
소음으로 채우려 열심히 살기도 하였다.
눈에 보이고 귀에 들리는 죽음의 침묵이
조금만 더 온건하기를 바라면서 말이지.
밤하늘 별보다 조금만 더 몸에 따스한
느낌이기를 바랐던 것이 아니다. 그건
생명의 능력 밖이다.
돌이켜보면 가난은 미래인 죽음의
양식(糧食)의 알레고리였다.
계절이 그렇게 지금 구대륙의 오래된 예고를
새로운, 심지어 미래의 신대륙
회복으로 재해석하고 있다.
그것으로 다한 것이고, 다인 것이다.

영원히 계속될 계절도
더 이상은 어쩔 수 없는 것이다.
족(足)하라 계절이여 무성(茂盛)한 미술의 무덤으로.
절망은 다음 계절 일이고 애도는 시간의 일이다.
카랑카랑 불의 목소리가 잦아늘 때까지.
액체 시간까지.

7월

제도(制度) 대신 생애 연습의 십자드라이버와
드릴 미학(美學)이 들어선
아직도 안 들리는 근면의 소음으로 살아 있는
음악의 사전인
바흐(1685~1750)가 남긴 재산 가운데
등록되지 않은 것으로 당대 최고 이탈리아 카스트라토
메조소프라노 그리말디(1673~1732, 예명 니콜리니)의
사후 약력이 있다.
헨델(1685~1759) 초기 오페라 두 편에 출연했고 페르골
레시(1710~1736)
첫 오페라 「살루스티아」 리허설 중 병사했고
페르골레시가 일약 막간(幕間) 오페라 부파 거장(巨匠)으로
대성했으니 그리말디 사후 약력이 죽음의 희화화

아니라 죽음 회화다.

연습으로 기나긴 바흐 생애 한가운데

너무나 다르고 너무나 이른 천재 요절의 단도 혹은

비수로 꼽힌 페르골레시

음악은 여전히 우리 곁에 살아 있다.

경력이 딱 3년 겹치는 차세대 카스트라토 파리넬리

(1705~1782)

명성도 여전하다.

그 대신 그리말디는 바흐, 페르골레시 덕분의

사후 약력이 있다.

등록되지 않은 바흐 유산이다.

바흐 이전 쿠프랭(1668~1733)과, 이전 및 이후

라모(1683~1764)가 바흐를 색화(色化)했지만

바흐의 색이라니 정말 따분한 천상이고 등록되지 않은

바흐 유산이 더 돋을새김하는 등록된 바흐 유산들 가운데

미완의 「푸가 기법, BWV 1080」이 거듭거듭 갈수록

심도를 더해 가며 하고 싶은 말은 이렇다:

하고 싶은 일하고, 돈 안 되는 일도 하고 생계 책임지느라

늘 일이 많았으나 생계 책임도 내가 원했던 것이므로

나, 오로지

나를 위해 살았다.

늘 한가했다. 늘 연습했으므로 내게 내가 스스로 정한

마감 날짜만 있었다.

나의 생애 연습이 음악 연습을 넘쳐났으니 남 보기에
평생 딱할 정도로 바빠 보였겠으나
내가 보기에 나 이제
결과적으로 바빴고, 이제 결과적으로 뿌듯하다.
그래. 페르골레시. 프랑스에서 그의 막간 오페라가
왕과 왕비를 부파 논쟁의 양 진영으로 나눌 만큼
센세이셔널 했고 그의 「스타바트 마테르」 악보
18세기 가장 여러 쇄를 찍었고 여러 작곡가들이
편곡했고 나도 그중 하나였으니 내가 그를 모를 리 없지.
내 겸손의 사전에 능가라는
단어가 없으니 디욱,
오랫동안 내가 그를 증오하고 시기하지 않았다 한다면
그건 내 정직의 사전에 또한 있을 수 없는 새빨간
(내가 이렇게 야한 형용사를!) 거짓말일 터.
특히 그로 인하여 오페라, 전쟁과 죽음을 웃음의
남녀 섹스 교성으로 어떻게든 호도하려는 귀족과
부호, 그리고 벼락부자들 사이 신생 자본주의
총아 같았다. 그리고 바로 그 교성이 길게 늘어나며
돌연 내가 상상도 못했던 신성을 품던 돌연 그의
목숨이 현(絃)처럼 끊어졌다.
벌은 내가 더 혹독한 연습의 벌로 받았다. 완벽해서
아름다운 악(惡)이란 게 저런 걸까?
저렇게 저질러 놓고 끊어지면

맥락조차 없으니, 어떻게 해 볼 도리가 없다.
무의식적으로 따라잡을밖에 없는
나의 생애가 그의 생애를 가장 아프게, 가장
뒤늦게 품었다.
섹스뿐인 생의 지루함을 너무도 지루하게 치러 낸
그의 짧은 생애가 그에게, 그에게도 너무나 긴
연습의 생애일 때까지 그가 나의 좋은
핵심을 나의 평생 동안 찔렀다.
그의 육체를 죽인 결핵이 내 사전에서 가장 순결한 단어
다…….
등록된 바흐 유산 가운데
클라브생 다섯 대가
다섯 세기에 걸쳐 있는 것처럼 있다.
류트 하프시코드 두 대가 늘 중세 쪽으로
흔들렸으므로 더 거룩한
젊은 여성 몸처럼 있다.
바이올린 세 대가 늘 찢어졌으므로
슬픔이 더 거룩한 늙은 여성 몸처럼 있다.
비올라 세 대가 늘 누추했으나 코에
약간만 못 미쳤으므로 더 거룩했던
누이 몸 향기처럼 있다.
첼로 두 대가 이 모든 것의 더 거룩한
연습으로 있다.

비올라 다 감바 한 대가 양 다리 사이 있지 않고
나이 없는 여성 몸 누워 있다.
기독교 서적 52권 살아서 더 거룩한 마르틴
루터 몸처럼 있다.
악기들 동요한다, 왜냐면 그 사실이 사실은
바로 악기라는 듯이 그 책들이 있다.
류트 한 대와 작은 삼각형 하프시코드
한 대가 바흐 임종 작(作)
오르간을 위한 코랄 전주곡 「당신의 권좌 앞에
제가 섭니다」 선율을 연주하고 있다.
왜냐면 마지막
더 사소하여 더 거룩의 근처이기를 바랐던 그의
소망이 아직 이루어지지 않았다.
그의 무덤 거의 150년 동안 잊혀지는 그의
다행이 다하고 1894년 발견된 관이 안치된
교회 건물이 제2차세계대전 중 연합군 폭격에
파괴되고 1950년 유해가 현재의 묘지로
옮겨졌다.
그래도 라이프치히와 교회를 벗어나지는
않았다고 류트 한 대와 작은 삼각형 하프시코드
한 대가 선율을 연주하고 있다.
그 소망 영영 이루어지지 않을 것이다.
그가 후대에 끼친 위대한 영향 때문이 아니다. 누가

영향의 영향의 영향을 기억하겠는가. 그가
평생 동안 받은 영향의 유산 때문이다.
악보와 연주회가
터무니없이 귀했던 그 시절
그가 독일 중부 출신 여덟 명, 북부 출신 네 명, 남부
출신 다섯 명, 이탈리아 출신 열다섯 명, 프랑스 출신
다섯 명의 선대와 선배 그리고 당대 작곡자 및
연주자들에게 영향을 받았다.*
그들 모두 바흐 생전 바흐보다 더 유명했지만 지금
대부분, 그 옛날 바흐에게 영향을 줬다는 이유로
가까스로 그 이름과 작품이 남아 있거나 그 이유로
더 유명하다.
그 유산 확고하다. 우리가 바흐를 잊지 않는 한 잊혀지지
않는 유산이고, 무엇보다,
가장 바흐다운 유산이다.
그의 생애의 비수처럼 짧게 산 페르골레시에게도
그보다 더 오래 살고 훨씬 더 화려하게 산 동년배
헨델에게도 생애적으로 불가능한 유산이다.
그의 사전이 이제 있는 단어는 물론
없는 단어까지 음악인 사전만 남아 그의 유산이
지금 계절의, 자연의 유산에 가장

* 위키피디아 'JOHANN SEBASTIAN BACH' 항목.

근접하면서 자연의
유산을 능가하는 인가의 유산이다.
역사가 그렇지 못하였고 앞으로
그렇지 못할 것이 분명해 보이더라도
모든 인간의 유신이 그럴 수 있었고
그럴 수 있으므로 그래야 한다는
유산이고 인간의 모든 유산이 사실
그래서 유산이었다는 유산이다.
비전 아니라
전망의 유산이다.
가장 비천한 인간의 세속으로 계절이
왕성보다 더 중후하게 내려앉는
소리의 유산이다.
폭양(曝陽)의 폭염은커녕
가뭄은커녕 자상(刺傷)의
느낌표 하나 없이 대지를 달구는
소리
유산이다.
비가 내려 폭풍우는커녕 흘러넘치는
홍수는커녕 눈물은커녕 바닥에
빗방울 하나 튀지 않고 오로지
대지를 적시는
소리 유산이다.

대지가 흠뻑 젖으며 남발(濫發)의
수밀도(水蜜桃) 직전
거대할수록 아름다운
대지의 이목구비가 진해지는
끝까지 진해질 뿐인
소리 유산이다.
과거의 모든 것과 현재로
재등장하는 그 동력이 현재의
모든 것을 재등장시키는 새로움의
소리
유산이다.
미래를 알 수 없는 우리가
알 수 없는 미래의
미래를 전유(專有)하는 소리
유산이다,
생에 놀라지 않는 법으로
시시각각 생에 놀라는.

8월

먼 거리가 황홀하다.
봄날 아지랑이 피어오르던 생명이 바야흐로

생명을 넘치는 투명한 미로에서
마법에 걸렸다가 마법을 거는 상태로
더 농밀한 아롱아롱
요정도 피어났을 것이다.
고독과 감금의 상지 느키닝
동화의 결핍 아니라 넘침이 어디까지
깔끔해야 하느냐 하는 문제다.
제각각 물방울 하나같은 이것들 사랑을
모르고 의태와 의성의 시늉일 뿐 정말로
생에 놀라는 법을 모른다.
천사와 악마 혹은 유령과 다르게
어른들이 애들 입장 무시하고 애들용으로
생에 놀라지 말라고 만들어 낸 까닭.
오래된 성(性)이 노인네 눈을 끔벅이고 노인네
입을 헤벌리는 마당에 애들 나름으로 겪는
괴기에 어쭙잖게 개입하는 요정들
자칫하면 아동 성애가 뭔지도 모르고
아동 성애에 빠진다. 그러니 한여름 밤의 꿈,
고목나무 뿌리에서 버터를 만드는
요정들도 혐의를 벗기 위해 쓸데없는
정신 분석의 도움이 필요할밖에.
생명이 바야흐로 생명을 넘치는
한여름이 밤과 꿈을 덮친다. 어른도 대낮에

대낮으로 놀랄밖에 없다. 만물의 온갖
파생(派生)과 정의(定義)와
범례가 팽창한다.
실뱀 독(毒)이 불규칙 동사의
시간이 팽창한다.
'최초'들이 전부 기어 나와 팽창한다.
첫 거짓말이 첫 항공모함과 함께
낮에도 은하들이 우리 은하수에서
멀어져 간다는 듯이, 가장 먼 것이 거의
빛의 속도로, 놀라움 따위 이제
시대에 뒤진, 낡은 것이라면서 말이지.
몰래 하던 아메바 드러내 놓고 생식한다.
수천 년 된 결혼기념일도 있을 것 같다.
나무들 얼굴이 저렇게 두꺼웠다. 나무
껍질이 무색할 정도. 집약된 구석기
인류 대륙 이동사가
들판에 펼쳐진다. 빛바랜 제2차세계대전
장면도 펼쳐진다.
생장도 죽음도 절정에 달했다. 겨울은
절정 아니라 끝인 죽음이지.
살[肉] 없는 나비가 날며
몸통인 날개가 바람에 휩쓸려 들까
걱정되지 않는 것은 날개가

바람을 타지 않아도 몸통이라서

휘찰 것을 믿기 때문.

소를 비롯한 개개 포유류의

색맹(色盲)을 걱정하지 않는다. 몰라서 아니라

색의 뜻이 무슨

비아그라 비스무리한 까닭.

너무 더워서 집이 다시

피부와 한 뼘 차이다.

화석이 팽창한다.

돌 되다, 돌 됨, 된 돌, 되어 돌, 됨 돌…… 그런 식으로

생창하고 돌 된 것이라는 뜻 아직 멀고

먼 거리가 황홀하다.

컴퓨터 용어의 언어

포식은 안 되지. 사르트르가 무슨

사막 이름 같지 않으려면 수판과 5천 년

거리를 다시 생각해 보는 게 좋다.

가장 빠른 타조의 가장 아둔한 알이 팽창한다.

날샐 50배 크기로 귀와 코가 예민하고

빨리 달리므로 육식하는

운명 아니라 육식하므로 귀와 코가 예민하고

빨리 달리게 되는

운명 맞나? 운명 자신의 소실점 아니라

갈림길, 멸종이 팽창한다.

지느러미가 신호이자 깃발 역(役)인 것 맞지만
물고기가 자신의 팔다리한테 이래라
저래라 할 수 있는 처지는 아니지. 물고기 팔다리가
물고기한테 이래라저래라 할 수 없는
물고기는 온몸이 단 하나 단일한 생명이다.
말을 하는 사람이 말로만 할 수 있는
'온몸으로 가자'의 신호와 깃발의
'내가 물고기'라는 체계 없이
단 하나 진언(眞言)이 물고기 몸이다.
진언인 몸이 생명의 팽창이라서 물고기라는
인간의 사실은 물속에서
팽창할 수 없고 팽창하지 않는다.
석류석, 자수정, 아쿠아마린, 다이아몬드…… 탄생석들
팽창한다 탄생을 벗지 않고 에메랄드, 진주, 루비,
감람석…… 점호에 순서 리듬이 팽창한다.
과일들 익어서 먹히고 자손을 퍼뜨리기
전에 우선 팽창한다. 생명의
볼멘소리지, 생명이 넘치는 생명 겨워할
시간을 자기에게도 약간 허락해 주면 안 되겠냐는.
황소개구리 배만 허옇게 팽창한다. 왜가리
주둥이 팽창한다. 동면이라니, 무슨 귀신 씨나락 까먹는
소리. 손은 몰라도 도대체 발로 어떻게
높이를 잰다는 거야?

발이 늘 땅바닥에 놀라 자빠지고
뒤집어지는 발이다.
하이에나 턱, 캥거루 아기 주머니 팽창한다. 산울타리
광합성 팽창한다. 잎새와 뿌리와 꽃이 없어야
이끼가 수백 년 나이일 수 있고 수백 년 나이가 수백 년
실종일 수 있다.
수백 년이 실종인 실종이 팽창한다. 최초 포유류
뾰족뒤쥐가 공룡 옆에서 잔소리 심한 아줌마였을 것 같다.
연체동물 팽창하지 않고, 몸이 연한 종(種) 칠만 가지
아니라 몸이 연해서 칠만 가지 종일 때까지 연해진다.
아메리카 원주민 인디언 단어들 팽창하고 다시 들판
여기저기서 솟아나지 이름들: ‘풀 많은 곳’ 위스콘신,
‘멋있는 강’ 오하이오, ‘큰물’ 미시간…… 삼만 년 전 옮
겨온 따로따로
장소에서 따로따로 언어와 풍습이 생겨나는 광경이
지금 팽창하는 광경이다. 첫 악기 짐승 뼛조각에
현(絃), 긴장하고 주머니쥐 죽은 체 팽창하고
죽은 체가 팽창한다. 포유류 오리너구리가 알을 낳고
파충류 흔적도 있는 진화의 원시가 팽창하고 가장
무겁게 공중을 나는 백조가 공중을 날며 팽창하고 키가
백 미터 넘는 나무 키도 덩달아 팽창한다.
이 시대 인간들 피서 갔거나 목욕한다. 벼르는 태풍이
토네이도 시간당 300마일까지 가속화하지. 뒤끝인

장마가 그래도 오히려, 질질 끌며 뭔가 버텨 주는 쪽.
뭐가 문제지, 이제 와서 뭐가 문제야? 이제 와서가
문제지 다른 무슨 문제겠나, 이제 요정들 갖고
안 된다니깐? 무르익는 데는 트릭스터 도깨비장난 따위
걷어치우고 잘 모르겠으면 규모라도 엄청나게
놀랄 준비를 하는 것이 필요하다. 왜냐면
현실이 상상력을 바야흐로 규모에서
압도한다. 거인이 커 봐야 얼마나 크겠나. 애들이 툭하면
도끼로 목을 찍어 내릴 정도? 더군다나
각자 생명의 몸 언어에서 팽창이 분명 어떤 심상찮은
목적지를 보는데 어떤 파멸 같고 '목적지'란 그것을 벌써
마음이 어느 정도 순순히 받아들였다는 뜻이라 그 마음
더 심상찮기에 각자 생명의 몸 바깥에서 생명이
저리 난리인 것 같다는 거지. 숨겨진 단어가 있는 것을
알겠는데 찾을 수 없는 것도 알겠다는 거. 역전도 변형도
도무지 소용없는, 철자가 불가능한 단어라는 거.
마법에 걸렸다가 마법을 거는 자로
피어난 요정은 음식을 먹지 않는 까닭을
가장 그럴 듯한 까닭으로 피어났던 거다.
왕성한 식욕이 언뜻 보는 거다, 육식의 핏줄에 새겨진
자신의 족보와, 채식의 망사 신경으로 남은
더 오래된 자신의 화석을 인간이
가장 뒤늦게 보는 거다. 요리책과 요리책과

요리에 요리를 거듭한 끝에 아주 좋게 말하면
인간만이 죽음을 안다는 것이 그렇게 가장
뒤늦은 뜻이다.
풍요와 자연재해의 계절
인간만이 연민을 안다는 것도 인간만이 평생
죽음을 준비한다는 것도 그렇게 뒤늦은 뜻이다.
인간에게 자연재해가 자연에게 갱생인 것만이 아니다.
그 자연에 인간이 그 어느 때보다 더 많이 포함된다.
인간의 연민과 죽음이 다시 의인화하여 인간을
인간적인 슬픔으로 보챈다는 거, 우리가 그것을
인간의 불행이라고 부를 자격이 우리에게 없다.
우리는 슬픔으로 나름 고귀하지만 더 놀라운 것은
가장 슬픈 것이 먹이사슬이건만
슬픔의 우리 속에 여전히, 아니 갈수록 참칭하는
인간밖에 없다.
우리의 지옥 형상화
능력은 갈수록 무뎌져 간다.
우리의 천국이 갈수록 무자비해진다.
자연에 자연 언어의 죽음과
연민이 있을 것이다.
그것에 포함된 인간에 인간 언어의
죽음과 연민도 있을 것이다.
바깥에 있다면 그건 자연에 가하는 인간의

자연에 가장 치명적인 자연재해다.

태풍이 갔어도 풍요로운 태풍의 말이 계속된다.

9월

푸시킨이 살아생전 너무나 애호하여 그의

백 주년 기념 개명(改名)의 '푸시킨 읍'에 편입된 '짜르 마을'의

예카테리나 궁전과 정원에서

인위(人爲)의 인위인 예술이 절정에 달한다.

스물아홉 번의 결투를 치르고 결국 너무나 어여쁜 아내를 너무나 사랑한

화근(禍根)으로 죽은 푸시킨 탄식의 낭만주의든 무슨 무슨

양식 건축이든 상관없이 인위의 인위인

예술이 절정에 달한다. 절정은 결국 반짝이는 게

가장 잘 어울리는

장식이거든.

궁정 일부를 할당한 학원 기숙사

학생이었든 러시아 시 문학 언어의 황금기를 일군

시인이었든 살아서 열렬했던

그가 정원을 거닐거나 곡선 가늘은 철제 벤치에 앉아

너무 가까운 가을 호수를 보거나
적당히 어둡고 적당히 이슥한 옛 궁전
모종의 실내에서 모종의 창밖 모종의
격자 속을 내다보았을 때도 그것은 결국 그랬을 것이다.
모는 것이 살아 생동했으므로 더 그랬을 것이다.
장식에 사실은 역사도 장소도 없고
그가 인위 언어의 마술사였으니 여제(女帝)가 죽고
없는 궁전이었던 그때나 원래 내놓았던 갤러리와
전시 룸은 물론 바깥의 아직 위용 있는 대문과 거실의
하얗고 우아하게 복잡한 주(主) 계단과 그 안의
휘황찬란한 연회장과 그 안의 침실 방방(房房) 그 안의
천장화와 식탁 위 촘촘한 금제 은제 도자 식기가 복원
전시되는 지금이나 마찬가지일 것이다.
반짝이는 게 가장 잘 어울리는
장식은 결국 장식의
전시거든.
내장까지 반질반질하게 한번 전시당한 이상
예카테리나 궁정 파사드 아무리 길게 뻗고 아무리
높이 솟아도 웅장하지 않다.
정원이 아무리 넓고 자연풍이란들 그 사실을
측면 지원할 뿐이다.
전시 밖으로 버려진 궁전 후미진 곳들이 버려진
어느 농가 헛간보다 더 을씨년스럽다.

그것들 정말, 버려진 것이다.

푸시킨 기념비와 동상 유독 어색하다.

그가 살아 있을 때 서 있었더라도 그보다 더

어색할 것 같지가 않다. 그런 인위의 인위의

인위란 미친 짓이지. 그의 손때 묻었을 학원 건물

피아노 뚜껑과 교실 의자, 도서관 원탁과 서가, 기숙사

방 서판(書板) 스탠드가 하나같이 반질반질한

목재 고동(古銅)을

눈길받을 때마다 더 반질거린다.

지금 푸시킨 기념관인 옛 카타예바 '여름

오두막', 그때도 지금 못지않게

방점(傍點)이었을 터. 딱히 고대 그리스-로마로

돌아가겠다는 것도 아닌 대리석상들 시대를 벗어나

있는 것은 그의 시대에도 마찬가지였을 것이다.

검은 바탕에 가로로 로고와 상표와 짤막한

삼각 시침과 길쭉한 삼각 분침과 한없이 가느다란

초침의 각도를 금빛 처리한

표지의 오메가 시계 선전 책자 안에도 그가 살아

생전 애호했던 예카테리나

절정이 있다.

시계들은 시간 속으로, 세상 하늘과 땅과 바다의,

남자와 여자의 시사(時事) 속으로 조금 흔들리다가

시간의

내부(內部)인

기계의 정교 속으로 일사불란하게 정돈되는

절정의 장식이고 전시다.

보는 순간 각각의 모델들이 모종의

정통(正統)으로 확립된다. 다시는 허물 수 없는,

얼굴이고 장식이고 전시고 절정이다.

검은 바탕에 세로로 검은 만년필 뚜껑에 달린

황금 용머리 귀와 하양 고딕 로고와 상표를 강조한

표지의 몽블랑 '수집용' 만년필 광고 팸플릿 속에도 그의

장식의 장식, 전시의 전시가 있다.

흐르지 않고 고정된 시간의

만년(萬年)이고 필(筆)이다. 만 년 동안 아니라

처음부터 만 년을 써 가는 만년필이다.

아닌가? 물음의 묻지 않는 응축인 듯

만년필들은 검은 육체에 더 촘촘하고 더 진귀한

은제, 금제, 백금제 촉과 귀와 띠와 전신(全身)

그물로 로렌초 디 메디치, 옥타비아누스, 루이 14세,

세미라미스, 페테르, 예카테리나, 알렉산드로스, 샤를마뉴

대제(大帝)를 호명하며 급기야 검은 육체의 색과 모양을

바꿔 가지만 검은 육체가 여전히 응축으로 더 많은 것을

응축할 수 있다는 검은 육체인

장식이고 절정이고 전시다.

몽블랑 수집용 만년필들은 급기야 세계 유명

작가들을 호명하는 헌정판으로 이어지지만,
그렇더라도 이것들을 절정의 절정이라 할 수 있을 뿐
인위의 인위 너머 인위라고 할 수 없다.
그 응축이 우리를 환장하게 하는
상황이 끝없이 악화하는 게 끝없이 좋을 수 있는
어떤 장식이 어떤 장식을 능가하면서 장식이
장식 자체를 능가하는
미분(微分)과 그 밖에서 인간의 악취가 갈수록 더
악화하는 적분(積分) 너머 비로소
있는 것이 수확이다.
스스로 미치지 않고 스스로 미칠 수 없는
노동을 수확하는 노동인 수확이
노동을 지우지 않고 비운다.
그렇게 풍속이 기록 너머로
투명해지는
그림이다.
코에 다정해질 때까지 진동하는
소똥 냄새도 투명하다.
지우지 않고 비우는 마음에 세상의
찬란이 더 찬란하고 사물의
영롱이 더 영롱하다.
장터가 응축한 생계와 연희(演戲)와
생식(生殖)과 늙은 남녀상열지사와

밥과 술의 최후 결과인

냄새를 지우지 않고 비우는

수확이고 노동이다.

그렇게

황금이 화려한 초조(焦燥)를 벗고

명경(明鏡),

자연이므로 건축이고 건축이므로

음악이고 음악이므로 총천연색이고

총천연색이므로 죽음인

노동이고 수확이다.

제 표면에 단풍 그림자

닿았을 뿐인데

연못은

온몸이 물[水]인 제 몸을

어쩌면 저리 뼛속까지

단풍보다 더 붉히는가 말이지.

왜 초록 잎새한테는

전체를 덮어도 그런 일이

영영 생길 수 없는 것인가 말이다.

보이지 않는 발자국이

왜 나 있는 것인지. 정자(亭子)가

맞으려 눈부신 홀로와 보내려 눈부신 홀로 사이

어쩌면 저리도

정중앙(正中央) 눈부신 홀로인지.

다락이 어쩌면 그리도 낮게 치솟는 것인지.

계단이 어쩌면 그리도 가라앉으며

오르겠다는 것인지.

들여다볼수록 괴석(塊石)이

죄다 괴이(怪異)가 그리도 친근한

돌 물건의

혼연이 어쩌면 그리도 장식과 전시와 절정의

이면(裏面)일 수 있는지.

문이 어쩌면 그리도 철저한 공백의

앞뒤일 수 있는지.

집이 어쩌면 이리도 변화무쌍한 죽음의

강건한

조화(造化)일 수 있는지.

지우지 않고 비우며 끝까지

보면 보이는

수확이 수확의 노동이다.

본능이 끝까지 액체 지향적이고 노동이 애써

고체 지향적인

수확의 계절이 그렇게

이국에서 모국으로

돌아온다.

지우지 않고 비우며 끝까지 보면 보이는

준비할 일이
당당할 일보다 더 많은 식으로 돌아온다.
어떤 강성(強盛)도 장식에 불과하다.
검정이 아주 미미하게 보라 쪽으로
견인되는
수확의 계절이 죽음의
비리를 캐기보다는
앞으로 남은 얼마 안 되는 시간의
빛을 더욱 밝히는 일이 더 중요한
식으로 돌아온다.
영영 돌아온다.

10월

악기가 각자 모두 음악의 무덤이지만
피아노는 피아노가 피아노 무덤이다.
무덤이 장식이고 전시고 어떤 장식도
피아노를 능가할 수 없는 피아노다.
작곡가가 작곡을 연주자가 연주를 이름이 이름을 연도가
연도를 국적이 국력을 국력이 국적을 기억할 수 없을 정
도로
잊은

무덤이다.
아주 어렴풋한 나머지 글씨를 키운
모든 기억이 새로운 피아노 무덤이다.
어린아이야. 팔에 깁스를 하여
너무나 더 어린 나이로 서 있는 어린아이야.
너무나 여럿이 너무나 시끌벅적하게
모여야 너의 그런 표정을 애처로워하는
평안에 내가 가까스로 달할 수 있을 거다.
지금은 네가 나의 어렸던 아들이고
아픔을 알 뿐 아픔의 이유를 모르고
보이지 않게 따로 미래에 집착하는
내 과거의 철완(鐵腕)도 소용이 없다.
흐린 눈물겨움에 달할 수 없는
무참이 무참한 영롱의 끝없는 깊이에 달한다.
그래서
집안의 귀신에게 외롭냐고 내가 물었던가?
대답을 듣지 않고(대답할 리 없잖나) 내가
대답에 문제를 제기한다. 너는 외로워서 숨어 있는 게
아니고 숨어 있어서 외로운 거라구…… 도대체
내가 예상하고 믿었던 대답이 무슨 내용이었던 거지?
책임지지 않아도 된다는 점을 미리 알고 저지르는 그
편안한 잘못이 생을 지속 가능한 생이게 하지만
내게 그것이 결과라는 사실을 처음부터 알았던

그 무엇이, 어떤 존재가 어떤 존재 이유로

있었다는 거.

나의 결론이 항상 입을 벌리고

나를 집어삼키는 결론이었다는 거.

연주에 터무니없이 숱 많고 나이 많은

턱수염이 묻어나도 제3세계의 마땅한

이질(異質)이었는데, 그게

혁명적은커녕 불과(不過)에 불과했다는 거.

처음이 불과일 수 있었으나 대를 이을수록

고령(高齡)의 우대를 탐했을 뿐 죽음이 행복한

죽음 아니라 억울한 그것만 있고 가장 억울한 죽음이

죽음의 이름을 모르는 죽음인데도 죽은 그들이

'언제까지 우리 이렇게 잊혀져야 하는 거야?'

묻고 있다고 산 자들이 왕왕 생각한다는 거.

더 나아가 죽은 자들이 그러고 있다고 생각 없이

열을 올리며 사후 기념을 독식하는 악덕

장사치들을 훌륭한 CEO로 칭송한다는 거.

이 모든 것을 묻어 버리지 않고 그냥 이 모든 것의

무덤인 피아노

무덤이기도 하다.

광대, 마구간 소년, 개 조련사…… 이들을 이제는

저쪽에서도 그리 달가워하지 않고 이쪽에서 뒤늦게,

남은 다채(多彩)마저 다 사라진 그들이 더 영롱한

보석인 것을 우리가 처형(處刑)이라고 부를 수 있다
하더라도 약간 뒤늦게 태어나 평생 주눅 든
가장 작은 손의 가장 긴 연주를 뭐라고 부를 것인가,
가장 예쁜 평생의 연주 아닌 반주를, 제 안의 미친년을
껴안는 어머니, 아픈 년을, 은둔의 열정을, 안개인 세이렌
음악을, 마주 보는 자살의 거울인 남녀를, 환상의
명징을, 단명(短命)의, 단명을 깎아 세운 낭떠러지를,
금욕의 탕자를, 재롱떠는 겸손을, 꽉 막힌 몸인 음(音)을,
현악인 유년의 집을, 영욕의 보석을, 피아노 무덤의
명명 없이 어떻게 견디겠는가, 너무 파란만장한
임종과 너무 최근인 죽음을?
관대한 이야기가 늘어나면서 깊어져야 달하는
아름다움이 있다는 이야기가 처음부터 아름다운
이야기라고 피아노 무덤이 흑백 계단으로 말한다.
때로는 전쟁고아 큰 눈망울로, 아내와 일찍 사별한
정갈한 옷감의 세 겹 네 겹 다섯 겹으로 맨 처음
작곡부터 연주가 창작을 창작한다는 말의
가장 투명한 광경을 펼친다. 기적에 이르고도
천박화하지 않은 신비가 깊이를 뛰어넘는
투명이다. 온갖 종류가 뒤섞이고 숱하고
숱하다는 거 오래될수록 맑디맑은 거울이다.
육(肉)과 피아노 사이
손, 색(色) 없는 고양이 같고 거기서 벗어나면

제국의 여왕이 언제나 할머니고 전통이 언제나 복잡한
혈통이고 사고가 언제나 사망 이후고 앉은뱅이
슬픔이 언제나 못 먹어서 뚱뚱한 비정규직. 바이올린,
허리가 너무 길고, 첼로, 엉덩이가 너무 무겁고 혁명이
감금이고 임신의 신화로 태어난 신동(神童)이 평생
불행한 신동이다.
그러니
여성은 평생 성(聖) 처녀여야 했지. 오래 살았다는 환상의
감옥에 갇혀 신동이 육체의 해방구인 육체를 어머니, 어
머니,
어머니, 하며 애타게 부르는 거고, 그것을 껴안는 어머니
형용의
전문인용이 가능한 피아노
무덤이 있다.
첫 언어의, 멀리 돌아와 놀랍게도 친근한
전모(全貌) 같은 피아노
무덤이 있다.
음악보다 더 음악적인 음익의
명사(名詞)다.
악기보다 더 악기적인 악기의
죽음 기억이다.
누구라도 상관없는 작곡이 누구라도 상관없는 연주를
입고 있는

누구라도 상관없는 작곡이 누구라도 상관없는 작곡을
입고 있는
누구라도 상관없는 연주가 누구라도 상관없는 연주를
입고 있는
명사다.
누구라도 상관없이 작곡과 연주가 아니라도 상관없이
소리 아니라도 상관없이 최상이라서 가장 투명한
명사다.
그것 없이는 일상과 신비의
상호(相互)가 안구(眼球) 밖으로 튀어나오는
섹스의 외화(外化)에 지나지 않는
은(銀)도 양탈에 지나지 않는 피아노
무덤이 있다.
그것 없이는 우아(優雅)의 매부리코가 무당의
대타에 불과하고 여성이 황홀이자 죽음에
지나지 않는 피아노
무덤이 있다.
영광과 치욕이 대비(對比) 비슷하지만 아니고
산수 비슷하지만 아니고 계단 비슷하지만 아니고
이슬이 영롱하게 우는 질서 비슷하지만 아니고 피아노
무덤이 있다.
경악의 명사 비슷하지만 아니고 피아노
무덤이 있다.

흔들리는 것이 흔들리기 위해서 아니라
더 안정되기 위해 아니라 흔들림이 생명의 가장 위대한
명사라는, 사실 위에 아니라
사실로 그냥 비가 내리는 피아노
무덤이 있다.
그것 밖으로 아니라 그것으로 그냥 꽃이 피는 피아노
무덤이 있다.
그것이 있어도 생이 이어질 것이므로
서로 다른 자연과 도시의 공포가
서로 다르게 계속될 것이나, 엄청난 토네이도가
그 차이를 농촌적으로 일소, 공포를 더 무지한
두려움으로 물들일 것이나, 탄생의 공포를 탄생
당사자가 정작 모르고 오래 산 자일수록 무겁게
그것을 탄생의 시시각각 사안별
감격으로 떠안을 것이나 그 모든 것의 원인이
우리가 결국 죽는다는 사실보다 더 근본적으로
누구나 결국 홀로 죽을 거라는 생각이라는 사실의
각인을
흑과 백의 계단으로 펼치는 피아노
무덤이 있다.
그것 한없이 펼쳐지는 것 같다.
편안과 비슷하지만 아니고
생각이 생각의 계단으로

정리되고 사실이 사실의 계단으로
준비될 때까지 그것 펼쳐지는 것 같다.
우리를 위하여 비슷하지만
아니다. 끝내
죽음을 위해서다.
죽음의 생각이 생각의 계단으로 정리되고 사실이 사실의
계단으로 준비될 때까지 펼쳐지는 듯한 피아노
무덤이 있다.
그 소리 죽음의 그것 비슷하지만
아니다.
살아온 것들이 살아왔던
까닭의 소리고 누구나 결국 홀로 죽는다는
사실까지는 아니더라도
생각은 지울 수 있을 것 같은 소리다.
죽음에 생각과 사실의 차이가
무슨 소용인가, 그렇게도 말하는 소리
비슷하지만 아니다. 죽음이 피아노 무덤과
다를 게 있겠느냐는 소리에서 온갖
부정(否定)이 씻겨 나간 소리의 피아노
무덤이 있다.

에필로그

육(肉)의 욕정이 유독 남사스럽기 전에
12세기, 중세 수도원 아벨라르와 엘로이즈
사랑이 숭고한 육체였다. 왜냐면 여성이
세월 갈수록 궁색을 벗고 사랑을 밝힌다.
거세된 사내가 작곡했다는
단선율(單旋律), 정말 있는 거 맞을 것이다.
평생 신학 토론을 주도하던 그의
유언이 "I don't know."……미래인 여성과
합장(合葬)되는 것이 죽음이라고 믿었으니
단선율 맞을 것이다.

보유(補遺): 모성의 미래
품을 수 있는 것은 슬픔이다.

1. 이튿날, 출현
첫날은 아무 일 없었다. 그때도 한 10분의 1쯤의
인구 있었겠으나 우리는 우리의 출현이
수음(手淫)의
이튿날이었다는 것만 안다.
우리가 아는 옛날보다 훨씬 더
옛날 있었다. 그때도 남성이 남성의

미래를 찢어발긴다. 그러니 미래인 남성은
찢김의 주체도 모르고 기고만장하겠지,
치솟는 것이 찢김의 절정인 줄 모르고.
비슷해 보이고 따라 하는 것 같지만
텅 비어 텅 비는 객체를 아는, 그러므로
텅 빔의 주체를 아는 콜로라투라
변방 있었다. 그렇게
첫날은 아무 일 없었다.
자궁(子宮)이 대중(大衆)이다. 정확히
대중이 야하지 않을 수 있는 보루고 힘이다.
마지막이 없다. 복수(複數)가 복수(複數)를 낳는 모종의
장면이 완성된다.
베이스가 퇴장이다. 더 복잡하게 퇴장한 후에 그것이
퇴장이었다는 것을 안다. (우리는 침잠만 알았지.)
단수(單數)가 단수(單數)를 더 심화하는
모종의 장면도 완성된다.
아름다움 이전 아름다움의 성별이 있고 검은 불로 건물
내장을 샅샅이 태우는 지진 있었겠으나
첫날은 아무 일 없었다.
그때도 한 10분의 1쯤의 유명과 무명이 순회공연의
아비규환 한밤중이 이상해지는 얼굴과 도드라지는
카이저수염이 있고
누군가 인생의 황금기 하루아침에 제1차세계대전과

진주만 공습에 푸치니 「나비부인」 공연이 금지되고
그것 아니라도 가수 이름이 타이틀롤과 아리아로
드러나다가 결국 음악의 줄거리 속으로 녹아들며
좌에서 우로 흐르는 시간을
휘게 하는
의미가 있고 의미의 표정이 있고 누추한 거리를
더 누추하게 만드는 크리스마스 화려가 있고 TV
생방송 있고 아홉 시 뉴스가 탱탱한 오렌지 여체
광고로 마감되었겠으나 그렇게
첫날은 아무 일 없었다.
밤이 환상적으로 검으니 깨어 있는 밤은 얼마나
우스꽝스러운가. 밤도 주체가 아니다.
첫 결혼의 첫날밤 육체의 신비가 거덜 나서
아니라 뒤척이는 만큼 나아져서다. 그렇게
첫날은 아무 일 없었다.
왜냐면 우리가 이튿날 도착했다.
탄생이라니. 출연도 아니고
출현에 불과했다, 다만 이제는
창작의 거울 앞에 아무 일 없던 첫날의 치르지 못한
장례식들이 꾸역꾸역 밀려들고 비극이 그렇게
뒤늦게 시작된다.
우리는 이튿날 도착했고 도착해 보니 비극이 그렇게
지지부진 진행될 것을 알고 도착했다.

2. 사진과 포도주, 성모 교회
젊은 여인 사진이 세월을 머금으며
갈수록 더 아름다운 옛날이다.
젊은 사내 사진이 갈수록 더 빛바래는
오늘이다. 그렇게 사내가 생의 고통을
오늘로 줄여 끝냈고 그것을 견디는
여인이 생의 길이를 조금 더 늘였다.
성모의
교회다.
사진은 참혹한 시신도 여자 일이고 찍힌 자는 물론
찍은 자도 기록 아니라 견디는 일이라는 듯이.
사진의 파리 코뮌 가담자 시신들은 관에 누워 있다.
폐기된 인형 제품들이 아직은 구겨진 박스마다
하나씩 누워 있는 것처럼 누워 있다.
나이만큼 인형 헝겊이 썩은 것처럼 누워 있다.
열이든 스물이든 세어 보지 않아도 ― 세어 볼 수
있나? ― 눈감은 표정은 같다. 가장 마지막으로 썩은,
그러나 그러겠다는 결의가 없었던 것이 분명한
헝겊 표정이다. 사진은
그런다고 그들이 살아오지 않는다 말하고
그런다고 그들이 살아오지 않는 게 뭐 그리
중요하냐고 묻는다.
참혹의 수치가, 양(量)의 서열이

있다는 것은 거짓말이다. 너무 끔찍해서 차마 눈 뜨고
보지 못하겠다는 것도 보고 난 후의 거짓말이지.
어린아이가 무섭다는 말은 너무 무섭다는 말,
어린아이와 상관이 없다.
사진도 제의고 가장 부황한 사진은 실내의 옛날 오페라
의상의 장면, 사진이 풍경을 견디거나 풍경이 사진을 견
디는
슬픔의
각도가 없다.
비참한 역사와 그것을 치르는 육체 존엄 사이
각도, 황금이 황금 광산을 황금 광산이 황금 광산 노동자
육체를 참혹화하는 각도가 없다.
자화상과 거울과 놀라움, 두려움, 슬픔, 울음의
손등으로 요약되는
성모의
교회다.
이것은 나의 피니 너희는 이것을 받아 마시라⋯⋯
예수가 남자인 대신 골(Gaul)족이 좋아했던 포도주
품종과 재배와 수확과 양조의 역사가
길들이려 한다 피의 역사를.
이제 그 맛에 담긴 마지막 죽음의
사내 얼굴을 사진 찍으라.
냄새 지독한 정신 분석의 온갖

관계의 용어들이, 오이디푸스가, 안티고네,
햄릿이 사라진다 성모의 사진,
성모인 사진 속으로.
숱하고 화려한 영화 인명과 용어들이
단 하나 속으로 사라진 투명과도 같은
그 속이 하얗게 슬픔의 그릇이고 식(式)이다.
성모의
교회다.

3. 슬픔의 가능
사원(寺院)은
없는 신(神)이 머무는
지상의
시간.
없는 신이 슬픔의
모성이다. 슬픔의
시간 아니다.
슬픔의 왕이나 여왕 아니다.
슬픔으로 순결한
시간 아니다.
슬픔이 시간이다.
건강보다 더 중요한 것이
회복이라고 말하는

슬픔인 시간이
있을 수 있다.
누군가 있어서 실패한 것 아니라
누군가 있었는데도 실패한 것이라고
말하는
처녀고 슬픔이고 시간이다.
없는 것이 없음을
견디기 위해 없지 않고
겪기 위해 없지 않고
품기 위해 없다.
주체와 객체 없는
가능(可能)이 있다.
가장 무겁고 어둡고
엄정한
고대 그리스 비극 이래
삼천 년 모래알 사막의
가능이고 슬픔이다.
없는 성(聖)
삼위일체의
슬픔이 처녀가
늙지 않고 숱한 슬픔을
낳을 때마다
두려움으로 더 처녀다.

씻음의

평화로 더 처녀다.

전후(前後)와 안팎으로

더 처녀다.

슬픔이 슬픔의 아이를 더 슬프게 품는

근친상간으로 더 처녀다.

죽음의 제의로 죽음의

가정 방문을 접대하는

자장가로

더 처녀다.

마침내 모성의

미래로

더 처녀다.

오 슬픔의 아름다움인

미래로

더 처녀다.

품을 수 있는 것이 슬픔이다.

이탈과 귀환

박수연(문학평론가)

1

『소리 책력冊曆』은 시로 쓴 예술철학이다. 어떻게 그런가. 11월로부터 출발하여 10월에 도착하는 시에 대해서 우선, 시간의 순환을 생각해 볼 수 있다. 도착한 10월 이후 출발하는 11월이 또 시작될 것이고, 그렇게 다시 1년이 흘러갈 것이다. 교차적 반복이 전개되는 시간의 흐름이지만 반복이 눈에 띄는 것은 아니다. 시간의 교차적 반복이란 시간의 흐름에 대한 나날의 경험이 가져온 견해여서, 다만 그런 것으로 느낄 뿐 그 의미가 쉽사리 언어화되지 않기 때문이다. 그것을 언어화하려는 독자들은 이리저리 흩어져 있는 사물과 관념들을 찾아 의미를 부여하는 수고를 감당해야 한다. 가령, '소리 책력'이라는 단어는 '책력'이기 때문에 예정된 조화를 환기하지만 '소리'이기 때문에 어떤 직접적인 마주침을 통해서만 의미가 만들어져 드러난다는 해석 같은 것이 그것이다. 독자들은 그 소리들의 의미를 찾기 위해, 「송맹동야서」(한유)처럼, 사물과 사건들의 충돌을 가상해 보게 된다. 그 결과, 『소리 책력』이라는 장시에서 음과 양의 교차 반복이라거나 여성성의 반복을 소리내어 말할 수 있게 된다면, 독자들은 이 반복을 김정환의 시의 원천이라고 해도 될 것이다.

그는 『소리 책력』의 '프롤로그'에서 "처녀성"을 강조하고 에필로그에서 "미래인 여성"을 강조한다. 그것은 세속적 의미의 '처녀성'도 아니고 기원적인 '신성성'도 아니다. 그것은 차라리 세계 속에서 제 스스로의 참모습을 실현하는 움직임이어서, 처음이 있고 끝이 있지만, 언제나 다시 반복되는 운동과 같은 것이다. 그것의 지속적 펼쳐짐에 대해 노래하면서 그 노랫말을 '소리'라 부를 때, 그리고 그것을 '책력'이라고 규정할 때, 어떤 예정된 의미가 반복되게 된다. 물론, 모든 반복은 변형을 수반한다.

그 '소리'에 대해서 김정환은 이미 예고편을 쓴 적이 있었다. 『거푸집 연주』의 「이것들이 인간 죽음에 간섭」의 한 구절이다. 이 시집에 없으므로 길게 인용한다.

늙은 몸은 간간이 늙은 몸속이다. 어떻게 보면

투명한, 이게 무슨 소리지? 어떻게 보면 무덤이라는

소리. 아직 광경은 생화학을 주재하는 두 손

(누구?). 육화인 성교, 그러나 무덤이라는

소리, 떨림의 몸. 아직 광경은 자연과 추상이

평면 속으로 색의 몸을 섞는

이야기. 그러나 죽음이라는

소리는 말씀의 집인 고요.

능력은 정신이 된 육체와 육체가 된 정신의

옷. 철새들이 하늘에 수놓은 지도를

맹금이 찢어발기고, 내 눈은 그것을

들여다보는 빛의 렌즈. 아니 그건 내 몸이지.

그래서 조금 덜 비린. 생명도 배꼽이 된 두뇌의

몸이었구나. 그 약동은 귀가 된 배꼽의

천지였구나. 기악은 웃음이자 눈물인 무용의

고전주의. 그러나

죽음이라는

소리는

거룩한 형식.

늙은 몸은 번번이 늙은 몸속이고

그게 소리다.

내 몸은 돌과 청동, 그리고 무쇠

상상력의

소리인 유리

의 소리.

──「이것들이 인간 죽음에 간섭」에서

　언어들의 의미를 이어 가다 보면 시 의식의 자유로운 전개가 느껴질 것이다. '늙은 몸속'이 '무덤'으로, 무덤이 '죽음'으로, 자연-추상과 육체-정신의 몸속 뒤섞임으로, 그리하여 뒤섞임의 절정일 죽음으로 이어지는, 가두리를 무시하는 이미지 전개가 있고 그 결과 시의 언어는 마지막에 '소리'로 귀결된다. '소리'가 언어 자체로 이어지는 것은 "이게 무슨 소리지?"라는 구절에 의해서이다. '이게 무슨 말이지?'라는 메타언어로서의 '말'이 '소리'로 바뀌고 있기 때문이다. 그러므로 '소리'는 '음-성'이기도 하고 '언-어'이기도 하다. '음-성'이기도 하고 '언-어'이기도 한 두 개의 의미가 경합할 때, 경합을 위해서는 홀로 있음이 필요하므로, 세상의 모든 소리는 홀로 있는 낱낱의 사물이 된다. '음-성'과 '언-어'가 독자적 영역을 형성하면서 비가시적인 추상의 차원에서 겹쳐진다는 이유*로 맥락을 넘어선 채 '소리'라는 말을 통해 이어진다면, 마찬가지로 의미화의 맥락 속에서 이어져 있는 세상의 모든 사물들은 이미 홀로 존재하는 것과 같기 때문이다. 그렇다면 김정환은 모든 시가 지향하고 있을 '사

---

* 언어의 의미는 인간이 추상적으로 부여한 것이지 언어 자체가 자연적으로 가지고 있는 것이 아니다.

물로서의 언어'라는 어떤 편향을 환기하는 것일까? 세상의 모든 사물이 사물 자체일 뿐이라면, 그것들은 다만 개별적으로만 존재하는 것이 된다. 낱낱인 사물들은 충분히 설명될 수 없다. 그것은 다만 의미화된 채로 연결될 뿐이다. 개별성으로만 가득한 세계가 사주, 우리가 종종 정서적 낯섬이라고 바꿔 부르기도 하는 두려움의 분위기에 휩싸이는 것은 그 때문이다. 그것은 어떤 충격 때문에 실어증을 앓는 존재들의 소통 형식과도 같을 것이다. 사물들은 그렇게 이해되지 못할 존재로 '배치-연결'되어 있다. 시인은 그것을 더듬거리는 비약의 방식으로 말하고 있을 뿐이다. 시인은 "죽음이라는/ 소리는/ 거룩한 형식"이라고 적는다. 죽음은 모든 것이 뒤섞여 있는 것이지만, 우리 스스로 경험해 본 적이 없는 정신적 추상이다. 죽음은 그러므로 언어화된 소리일 뿐이다. 세상의 모든 죽음이 이렇게 언어-말-소리에 의해 연결된다. 소리는 연결의 투명한 형식이다.

　그 투명성을 드러내려는 오랜 사유의 문장은 은유의 형식이다. 이는 낱낱의 사물들이 가진 의미의 기원을 시인이 잘 드러내고 있음을 뜻한다. 시의 최종 언어가 '소리'라고 시인은 밝혀 두고 있다. "내 몸은 (……) 소리"라는 마지막 구절이 그것이다. 이를테면, 우리가 최종적으로 도착할 곳은 '소리'의 세계인 것이다.

　생각해 보면 김정환은 언제부터인가 부서진 언어를 거의 전적으로 사용하기 시작했다는 점을 지적해야겠다. 그의 시를 어렵다고 말하도록 하는 초기시의 물질적이면서 도시적인 서사 감각이 느껴지도록 하는 형식과는 크게 대비되는 그 언어 형식이 본격화된 것은 시집 『텅 빈 극장』(1995)에서부터이지만, 그 언어 형식의 이유를 설명해 준 것은 『순금의 기억』에 실린 아래와 같은 시이다. 조각난 언어를 처리하는 방식으로나 내용으로나 그의 시는 벤야민이 말하는 역사의 잔해를 떠올리게 한다.

> 총성이 울리고, 신화가 깨졌다. 그리고 당분간 역사가
> 드러난다. 그럴 뿐이다. 지리멸렬이 이제사 드러난다.
> 그럴 뿐이다. 우리는 깨진 거울 파편을 줍는다. 우리는
> 무엇, 생애는 가장 간절하고 아름다운 그 무엇?
> 눈물이 옷을 벗고 더 날카로운 눈물을 드러내는
> 그 틈새로 모든 사람의 어머니가 또 돌아가신다.
>
> ──「총성과 신화」에서

이것은 부서져 파편화된 삶의 알레고리이다. 사람들이 믿었던 세계가 깨졌을 때, 상징적 신화가 거둬지고 현실의 역사가 드러날 것이다. 그러나 삶이 눈물에 눈물을 더해도 비극은 중단되지 않는다. 우리는 역사에서 파편을 줍되, 주운 것은 거울 파편이기 때문이다. 줍는 행위는 위로나 마무리가 아니라 부서진 것의 확인이다. 줍는 행위의 주체마저도 금이 간 얼굴로 그 파편을 반복할 때 모든 비극이 지

리멸렬해질 것이다. 지리멸렬의 사이에서 무엇일지 알 수 없는 생애가 가장 간질해지는 깃, 그것만이 모든 생명의 누추한 현실일지도 모르는 일이다.

의미심장한 것은 "모든 사람의 어머니"이다. 그건 누구인가. 어머니가 무엇인가를 계속 탄생시키는 존재라거나, 돌아가 위로 받을 대지라거나 하는 비의가 「총성과 신화」에는 존재하지 않는다. 이 시가 실린 시집 『순금의 기억』에는 어머니의 최종적 지칭일 '여성'이 몇몇 등장하지만, 그것의 공통점은 생성이 아니라 오히려 죽음이다. "여성은/ 죽은 혼. 우리가 본 것은 아름다움의 주소일 뿐이다."(「여성은 죽은 혼」)와 같은 구절, 또 "이, 아름다운 여자. 물론,/ 놀랄 것은 없다. 아름다움이란 죽음의 더욱 끔찍한, 裏面 같은 것, 그 틈 사이 필사적인, 역사가 놓여 있는 것"이란 구절은 모성의 일반적인 생성 신화가 아니라 죽음의 이면에 해당할 여성을 환기한다. 독자들이 두루 알다시피 기필코 아름다움이 들러붙는 김정환의 '죽음'에는 끔찍하지만 끌어안아야 할 현실의 눈부심이 있다.(이것은 그의 첫시집 이후의 주요 주제이다.) 그렇게 어머니가 돌아가시고 또 돌아가신다. "또"라는 말은 '돌아가심'에 대한 반복 묘사인데, 김정환의 어법을 빌리면 돌아가심은 돌아가시는 반복 행위의 묘사이다. 그것은 『소리 책력』의 한 구절을 따르면 "우리 바깥에 널린 것들을 붙잡아 두기 위해서 아니라/ 우리 안의 감각들을 더 열기 위하여"(윤달) 우리가 열어 갈 '언어'이다. 이건 무슨 '소리'인가? 만일 독자가 시를 소리 내어 읽는다면, "어머니가 또 돌아가신다"는 그 소리는 무슨 '말'인가? 그것은 '돌아가심'의 사건 혹은 사건 이후의 사물을 열어 가는 우리 내부의 감각에 이어진다. 이때 감각을 열어 갈 사물이나 사건들은, 의미화되기 이전의 낱낱의 사물이다. 따지고 보면, 부서진 모든 것들은 자신의 내부를 상처를 통해 열어 보여 주는 것들이기도 하다. 그리고, 그 내부가 의미를 가지고 있다면, 열린 내부에 이어질 모든 말소리 또한 그 내부의 리듬을 타는 것들이다. 언어-개념이 그렇다. 모든 언어는 신화가 깨진 이후의 역사 속에서 매번 낱낱의 현실을 반영하는 것이다. 언어 이전의 '소리-말'도 그럴 것이다. 김정환은 이미 이런 생각을 밝힌 바가 있었는데,

> 붉음을 넘어 더 위대한 붉음이 있음을
> 붉음으로 증명하는 것.
> 통로인 붉음으로
> 열리며 더 붉어지는 것
> 그것은 음악 뿐이다.
> 음악을 가능케 하는 현실 뿐이다.
> ──「끝까지 붉은 음악」(『순금의 기억』)에서

라고 그가 쓸 때, 열리면서 내부를 드러내는 '소리-언

어-현실'로서의 음악이 등장하는 것이다. 그렇다면, 소리를 통해 내부를 얼이 보여 주려는 사유의 노래가 설명을 통해서가 아니라 묘사를 통해서 『소리 책력』에 어떻게든 펼쳐지고 있지 않을까? 그리고 이것이 어떻게 그의 예술철학일 수 있을까?

2

'소리'는 사물을 실현한다. 이것이 내가 읽은 이 시집의 주제이다. 그 소리가 음악이든, '아벨라르'라는 철학-음악가이든, 사건이든, 그것이 의미를 갖기 위해서는 소리로 실현되어야 한다. 이전 시집 『내 몸에 내려앉은 지명』의 여러 시편도 마찬가지일 것이다. "지명의 육(肉)은 인간의 보통명사고 그 이전은 인간 바깥 자연의/ 신화다. 간혹 인간 고유명사가 지명의 생계를 꾸리기도 하지만/ 생계도 지명의 의상에 지나지 않고 생애가 지명을/ 배열하지 않고 지명의 호의가 생애를 배열한다."(「지명의 호의」)고 썼던 시인은 그 지명을 '호명'으로 바꾼 후 이름 부르는 소리를 자연의 미메시스로 설명한다. 가령, "거울 골동이 결국 거울 골동이다"(「1월」), "피아노는 피아노가 피아노 무덤"(10월), "새소리가 새라는 소리(3월)"과 같은 애매한 구절이 그렇다. 이때 두드러지는 것은 반복되는 '소리'에 대한 감각이다.

이 '소리' 진술이 이번 시집에서 전면적으로 전개되어 있다. 그런데, 김정환의 삶 전체를 살펴볼 때, 소리에 대한 진술이 '음악'에 대한 진술과 무관하지 않을 것이기 때문에 『소리 책력』은 그의 음악적 생애 전체를 총괄한다고 말할 수도 있다. 그의 음악적 생애란 무엇이었을까? 이미 그 자신이 저자이기도 한 여러 책들이 참고되어야 할 터이지만, 이런 진술로 그 질문에 답한다.

첫째, 소리가 말이라면 그것은 진리로 나아가는 통로이다. 시 「진리력」(『순금의 기억』)은 '말'에 대해 "진리 또한 말과 사물 사이에 열린 창"이라고 쓴다. 말은, 하이데거를 따르면, 말로서 지시하려는 어떤 대상에 대한 말이고 이해 가능한 것들을 분류하여 의미화하는 것이다. 발언은 그 말을 소리로 표현하여 의미를 공유한다. 말이 사물로 나아가는 그사이에 열린 진리가 그것이다.

둘째, 소리가 음악이라면 그것은 해방의 표지이다. 시인들은 시적 사유를 자연의 필연성으로 보려는 경향이 있는데, 그 사유를 표현하는 언어가 자연의 어떤 형식을 지녀 실현한다는 점을 김정환도 동의하고 있다. 단순히 감각적 포착 대상으로서의 자연이 아니라 "자연 감(感)의/ 어떤 선취"(「1월」)와도 같은 자연이 인간과 분리될 수는 없다고 그는 쓴다. 이 자연감이 "무로 시작해서 무로 돌아간다는 점에서, 인간이나 식물의 삶과도 똑같다"(『평행과 역설』, 마티 56쪽.)는 바렌보임의 생각에 연결될 수 있을까? 그런데,『소리 책력』의 시 의식이 다루는 반복적 소재가 인간적인 것과 자연적인 것의 다툼이라는 데서 알 수 있듯이, 잠재적으로는 그 둘이 동일 영역에서 관계 맺는다 해도 현실적으로는 둘 사이에 형언할 수 없는 침묵이 가로놓인다는 사실이 있다. 그래서 침묵이 침묵을 끊고 소리로 날아오르도록 하는 동기가 필요하다. 이를테면, 소리-말-사물이 낱낱으로 존재하는 각 영역 사이의 침묵에 대해서도 그 스스로 발언하도록 허용해야 한다. 그 침묵이 발언할 때, 침묵 이전과 이후의 소리가 관계 맺는 것이다. 김정환의 언어가 조각난 언어라는 것, 쉼표로 단속되는 파편의 언어라는 점을 여기에 대입해 볼 수 있다. 바렌보임은 그 침묵을 소리로 연장하는 것을 자연의 거부라고 말하고 있지만, 김정환은 그 침묵을 비틀어 대는 것이 자연이라고 말한다. "지상에서 서툰 것이 그리 적합할 수가 없다"(「신코페이션」)고 쓴다음 "뒤틀림만이 평화로운 순간이다./ 곧 비탄도 절규도, 증오도 그러하리라. 무언가가/ 찢어지리라"고 받아 적는다. 스스로 깎아내리는 행위로서의 자연의 골동이 있고 그로써 탄생하는 예술이 그것이다. '소리-음표'와 음표 사이의 연결을 환기하는 시의 언어들 사이 또한 마찬가지일 것이다. 그것은 침묵을 소리로 전환시키는 신코페이션이다. 당겨지거나 끌려가는 존재들의 함성이 여기에 있다.

시의 언어들은 낱낱의 사물처럼 분할되어 있지만 당겨지고 끌려가는 시간을 거쳐 그 의미를 실현할 것이다. 잘라지고 흩어진 세계에서 흘러가는 것은 의식이다. 의식의 흐름이라고 할 수 있는 것, 정확히 말하면 의식의 펼쳐짐이라고 할 수 있는 것이 김정환의 시를 지배한다. 언어는 조각나고, 세계도 조각났는데, 그 세계를 이어 붙이는 것이 의식이다. "순결한 정신이/ 문득문득 나타났다 사라진다"(2월)고 쓰고, 이어서 "틈이 과거의 사잇길이자 미래의 디자인이다./ 사물과 사건의 세계/ 전모가 그럴 때도 있다."고 쓸 때, 요컨대 정신이 점멸하고 그 점멸의 틈으로 세계가 펼쳐질 때, 그것이 시인의 의식이 붙잡아 펼쳐 놓는 언어의 세계이다. 독자들은 예정된 숫자들의 책력과 함께 그 속으로 들어가 보아야 한다. 진리이든 해방이든 그것은 결국 내부를 열어 보여 주는 일이고, 세계의 의미를 찾아내는 일이다. 그러기 위해 가장 구체적인 사건과 사물을 가장 구체적으로 이야기하는 과정이 필요한데, 『소리 책력』은 그 구체성의 세계를 1년 열두 달의 구체적 시간으로 설정한다. '소리'는 점점이 음표의 공간을 차지하지만 '책력'은 줄줄이 이어질 시간을 예정하는 것이다.

음악 이야기를 오래 했던 김정환이 예정된 의미를 열어 보는 시간을 열두 달의 숫자로 분류하여 시로 쓰고 있는 특별한 이유를 찾아볼 수 있을까? 시집의 프롤로그는 미래의 거처로서의 '소리 책력'에 대해 말한다. 소리가 책력이라는 것, 소리가 실현되는 과정을 지나 미래가 드러난다는 것, 그래서 소리가 미래의 거처라는 것이 시인의 전언이다.

미래가 소리 안에 거주한다는 것은 장차 도래할 미래가 지금 이 현재의 소리 안에 동일하거나 유사하게 있다는 것이다. "시간은 자신이 자신의 무덤"과 같은, 시 전편에 어디에나 편재(遍在)해 있는 표현이 그에 대한 시인의 인식을 드러내는데, 그것을 우선 반복이라고 범주화할 수 있을 것이다. 시간이 자신을 묻어 버리는 존재라면, 자신이 묻혀 있는 장소에서 미래가 출발하고 따라서 미래는 이미 과거 속에 있다는 말이기도 하다. 과연 그가 프롤로그에서 말하고 있는 것은 "세월이 닳고 닳으며 드러내는 미래"이고 "20년도 더 묵어/ 눈썹보다 더 새까만/ 책상 더께를 칼등으로 벗겨 내"며 만나는 미래이다. 어떤 하나의 소리 혹은 세상의 모든 소리가 그것을 말해 준다고 시인이 말할 때, 그러므로 모든 현재는 과거와 미래를 이어 가는 단일한 통로가 된다. 그 단일한 통로를 드러내는 것이 시간 속의 소리 책력이고, 시간 속에서 실현되는 의미일 것이기 때문에 이 실현은 문장의 문법도 아니고 의식의 구조화도 아닌 시간 속의 단일한 실현이다. 그것은 오직 시간의 명멸 속에서만 실현되고 따라서 지금 이 순간의 현재를 통해서만 실현되는 세계 의미이다. 소리란 지금 이곳에서 실현되는 파장으로서만 가능하기 때문이다. 이 소리를 현실의 낱낱의 사물들로 실현하는 시의 대략적인 해설이 필요할 것이다. 그 사물-소리야말로 그의 예술 철학에 대한 시적 묘사이기 때문이다.

우선, 11월이다.

슬픔-죽음의 소리가 있다. 이 소리는 의미의 무의식적 연쇄 과정으로 언어화된다. 안구(眼球)와 인구(人口)가 연쇄되고, 11월이라는 쇠락의 계절이 죽음과 이어지는 의미상의 연쇄 속에서 "꼬부랑 할망구" "사후" "임종"과 같은 의미들이 출현한다. 압도적인 단어는 슬픔인데, '사랑이 영혼이고' "슬픔이 영혼의/ 유일 가능한 물질"이라면, 11월에서 시인이 보는 것은 무엇보다도 영혼의 물질성이다. 그것은 썩어 갈 육체의 노파가 할 일을 "영혼이 대신하는 어떤 혼선" 같은 것이다.

이 11월의 의미가 단지 시절의 자연적 분위기로부터만 오는 것은 아니다. 시인은 11월이라는 단어의 형태로부터 모종의 의미를 재현한다. 단일성의 끈이 그것이다.

슬픔이 익살스러운 인구와 안구의

대대(代代)로 가고 있다. 가볍게 가고, 갈수록

슬픔이 슬픔으로 청정한

소리인 쪽으로 가고 있다. 소리들이

단일한 음(音)인 쪽으로 가고 있다. 음들이

단일한 음악인 쪽으로 가고 있다. 음악들이

단일한 슬픔인 쪽으로 가고 있다. 슬픔들이

단일한 생(生)인 쪽으로 가고 있다. 생들이

단일한 죽음인 쪽으로 가고 있다. 죽음들이

단일한 미래인 쪽으로 가고 있다.

그것은 단일들이 단일한 단일인 쪽으로 가고 있다.

슬픔이 슬픔의

곡선인 쪽으로 가고 있다.

단일한 의미를 지향하는 세계는 가장 구체적이면서 가장 보편적인 세계를 지향하는 것이다. 그것은 단일성을 반복하면서 단일성이 놓인 장소를 이동한다. 이렇게 되면, '단일성'과 연관된다고 할 수 있는 11월이라는 단어의 형태는 죽음의 슬픔에서 의연한 생의 미래로 나아가는 인류의 삶의 의미를 형태화하는 것이 된다. 이 11월이

슬픔이 벌써 우스꽝스러운 안구와 인구의

꼬부랑 할망구,

가고 있다. 잘도 가고 있다.

기어이 기어이

직선으로 가고 있다.

11월이

잘 가라며 가고 있다.

라고 마무리된다. 기어이 단일한 직선으로 가야 할 인류의 세계가 11월에서 시작된다. 이렇다면, 이 세계는 그 단일성의 능력에 의해 보편적인 것과 개별적인 것이 구체적인 것으로 단일하게 결합되어 있는 장소가 되어야 할 것이다.

그 단일성이 과거에서 미래로 이어질 때, '닳아 버리는 세월 속에서 드러나는 미래'의 핵심이 포착될 수 있다.

12월은 종교와 신의 시절이고 1월은 자연의 시절이다. 두 시절에 공통적인 것은 얼어붙는 겨울의 이미지이다. 이 시절은 종교의 왜곡에 겹쳐져 '아이러니의 신화'를 만들어 내는데, 고통을 승화시키는 저 신화들처럼 세계는 얼어붙어 터져 버린 육체로부터 자신의 의미를 열어 보인다. 얼어서 터진 피부를 따스한 체온이라고 말할 수 있을 때 문득 그 의미의 진실이 나타나는데, 그것은 우리가

> 시간과 공간의 거주자 아니라 주거였다.
> 진실이 우리의
> 빛도 몫도 아니었다.
> 진실의 순서 또한 시간과 공간의
> 거주자 아니라 주거였다. 그 전에
> 실(實)이 진(眞)의 거주자 아니라 주거였다.

는 사실이다. 우리는 세계의 주인이 아니다. 우리는 다만 이 세계에 깃들어 사는 존재에 지나지 않는다. 우리는 자연의 한 부분일 뿐이다. 그러므로 세계의 참모습을 우리는 찾아낼 수 없고, 다만, 세계가 보여 주는 모습만을 볼 수 있을 뿐이거나 자연 스스로가 되어 자연을 보여 주는 존재이거나 할 뿐이다.

그것만이 아니다. "우리가 진실을 알 수 없지만 우리 몫인/ 그 별로 안다"고 시인은 쓴다. 우리는 무엇인가를 알고 있다. 그러나 그 이유를 모른 채 알고 있다는 것. 이 사실이야말로 겨울의 아이러니가 우리에게 전해 주는 참된 이야기일 것이다. 그래서 우리는 진실의 "부재와 단절의/ 얼어붙음" 속에서 그 얼어붙음이 아름다움이라고 되어 있는 세상을 살아가는 것이다. 실제로 우리가 경험하는 아름다움이란 세계에서 이미 과거의 더께에 묻힌 채 '아름다움이라고 되어 있는 것'이고, 따라서 아름다움의 근본적인 이유로부터 단절되어 있는 '아름다움'이다.

1월은 바로 그 오래된 예술의 세계를 묘사한다. 시인이 '자연의 골동'이라고 부르고 있는 그것은, 모든 인공물이 자연 자체가 되어 가는 과정에 대한 진술이다. 인류의 예술이 '자연의 미메시스'로부터 탄생한다는 사실과 함께 눈여겨보아야 할 것은 '겨울'과 '거울'이 서로를 반영하면서 만들어내는 정지의 순간이다. 반영되는 것은 정지되어 있는 것이다. 그것이 골동이고 예술이라면, 그것은 시간의 정지로 이어지는 어떤 세계이다. 실은 자연이 그렇다. 순환은 흐름을 포함하는 거대한 정지의 제 모습이기도 하다. 역사도 그렇다. "시는 몰라도 역사가/ 자연에 있을 것이다." 그래서 "골동은 진화(進化)(또한/ 신화다)를 자기반성하는/ 진화의 진화다." 역사를 포함하는 정지이기 때문이다. 그런데 이 시간의 정지가 "미래 시제로 시작되는/ 현재"이며 따라서 세월이 닳아 가며 드러내는 미래라는 것을 기억해야 한다. 그것은 시간의 더께를 벗겨내며 드러내야 할 과거의 어떤 것이기도 하다.

2월, 3월, 윤달, 4월은 고유한 이름의 세계가 탄생하는 시절이다.

2월의 시인은 유년 이후의 생을 이야기한다. 그 생이란 "모든 경계가 흐려지는 과정"이며 점멸하는 세계이다. 모든 사물이 같은 방식으로 움직인다고 시인은 말하는데, 과거의 사잇길이자 미래의 디자인인 "틈"으로부터 세계의 전모가 탄생한다. 무엇인가를 드러내기 위해서는 흐름의 세계를 향해 정지된 시간이 풀려야 하는데, 그 흐름이 '틈'에서 나오는 것이다. 그리고

> 약동하는 것이 안온한 가난 아니고 안온한
> 틈이었다.
> 지나온 죽음과 지나갈 죽음 사이
> 사전과 사전 사이 사전 단어와 단어 사이
> 틈도 안온하다. 약동하는
> 단어고 사전이고 죽음이고 스스로
> 음악인 줄 모르는 음악이다. 기분 좋은
> 단절, 유년이 어린이 백과사전 아니고 어린이
> 국어사전 아니고 그 음악이다.

에서처럼, '사이'의 인식이 나타난다. 오직 '사이-틈'만이 안온하다는 말은 약동하는 세계가 그 틈에서 지속된다는 의미일 것이다. 이와 함께 김정환 특유의 언어 형식도 등장한다. '무엇이 아니고 무엇이다'라는 형식이 그것이다. 이 문장 형식은 사물과 사건 혹은 존재의 지속적 연쇄를 환기한다. 하나의 사물을 넘어 또 다른 사물로 이동하는 의식을 사유의 음악이라고 불러도 될 것이다. 이 음악이 음악 너머를 생각하게 하고 그것이 결국 삶 너머의 죽음으로 이어질 것인데, 삶의 유년이 그 더께 속에서 홀로 유폐된다. "살아서 우리가 어떻게 매번의 탄생이 매번의 반복이기를/바랄 수 있겠는가"라고 시인이 탄식하는 것은 매번 '무엇이 아니고 무엇인' 세계 형식 속에서 깊어지는 삶의 끝을 그가 보고 있기 때문이다. 2월은 그 계절의 끝이고, "잃어버린 유년이 버려져 홀로 깊어 간다". 저 상상의 유년이 어딘가에 묻혀 버린 채 단절되고 그 결과 이제 시간의 흐름 속에서 주체가 탄생할 것이다.

3월과 윤달과 4월은 고유명사와 개별체들의 세계를 노래한다. 이것은 정말로 노래라고 해야 하는 진술들이다. 주체의 이름을 가진 존재들의 '소리'가 전면적으로 다루어지고 있을 뿐만 아니라 이름을 가졌다는 의미에서 상징들의 세계가 개별적으로 펼쳐지기 때문이다. 3월은 고유명사의 시절이지만 2월의 '홀로 깊어 가는 세계'에서 단절되면서 이어지는 시절이다. 유년이 홀로 유폐되면서 그 이후가 단절되지만, 그 유년의 기억은 모습을 바꿔 가며 강박적으로 지속될 것이다. 그것은 새소리가 "새라는 단어의 물질"인 듯이 돌아오는 양상이다. 동시에 그것은 봄의 물질이어서 기원을 모를 아름다움 자체로 사람을 흐드러지게 하는 혼곤한 세계이다. 그리고 새소리가 곧 이름인 세상이 펼쳐진다. 실체인 물질의 새소리 앞에서 인간의 언어는 다만 가지가지 헛짓일 뿐이다.

새소리가 새라는 단어의 물질이라는 사실로 유비해서 말하면, 결국 진정한 고유명사는 물질 자체로서 스스로를 실현하는 것이다. 모든 예술작품의 근원으로서 사물을 그 자체로 놓아두어야 하는 상태를 한 철학자가 주장했듯이, 혹은 아벨라르가 개념론으로 언어와 사물을 통일시켜려 했듯이, 김정환은 "사물이 바로 사물 묘사"인 시절을 진술한다. '윤달'은 세상의 모든 시간의 반영으로서 그 사물이 사물 묘사 자체인 시절의 대표 시간이다. 그런데 이 윤달의 시간에 와서 김정환에게 미묘한 이중적 인식이 나타난다. 인간의 언어가 사물 자체를 왜곡하는 사태를 비켜 가는 방법으로서 '사물이 사물 묘사'라는 인식이 나타나는 반면에 언어에 대한 특별한 인식이 동시에 펼쳐지기 때문이다. 상징계 이후의 언어로 표현되는 타자 규정성, 즉 언어 없이 존재할 수 없는 세계가 프롤로그로부터 2월까지의 유년에 대한 인식인 '홀로 깊어 가는 세계'에 대한 인식과 겹쳐지는 것이다. '사물이 사물 묘사'라는 생각과 언어는 "우리가 지킨 최대한이고/ 우리가 열어 갈 최소한"이라는 진술은 그 이중적 사유의 표현일 것이다. 사물은 사물 자체이고 언어의 최대·최소치는 세상의 모든 것이기 때문이다.

4월은 언어가 이름이고 사물이 사물 묘사라는 '윤달'의 인식을 직접 이어 받는다. "생명이 생명/ 묘사이 마큼 죽음이 죽음 묘사인 자연"이라고 시인은 그 생각을 반복한다. 그러므로 세계는 자연 자체이다. 이미 제 몸 안에 모든 가능성을 품고 있는 자연이라는 의미에서 그렇다. 자연은 대립물까지 포괄하는 자연이기 때문에 인간이 자연과 대립되면서 함께 있다는 점을 시인은 "인간과 자연이 서로의/ 서론"이며, "인간이 자연의 과거고 자연이 인간의 미래"라는 진술로 강조한다. 그것은 4월이라는 시절에 '꽃이 피는 소리'로 예정되는데, 그 "자연에게 자연의 죽음까지 아름다운/ 인간이기 위하여./ 꽃이 피고 피고 또 피"어나는 세상에서 "도대체 어디까지 꽃이 피는/ 소리냐?/ 도대체 어디까지 꽃이 필 수 있는 소리냐? 도대체/ 어디까지가 꽃이 피는 소리일 수 있는/ 소리냐?"고 쓰는 것도 마찬가지 이유이다.

5월, 6월, 7월은 순서대로 여성, 미술, 음악에 대한 감각의 총화이다. 이것은 '인간-자연'의 결합을 파악한 김정환 예술론의 은유로 이해될 수 있다. '여성 누드'라고 지칭되는 몸과 윤곽의 세계는 '몸 아닌 곳이 아무 데도 없'기 때문에 제 자신이 여성 누드인지 알지 못하는 곳이고, 그래서 "평생 압축을 푸는"세계이다. 압축을 풀어 나갈 때, 이 몸의 감각이 펼쳐 내는 세계가 낱낱의 사물 바로 그것이어서, 그 사물이 언어 기능으로서의 사물 묘사가 되는 일이 발생할 것이다. 그것의 원천일 여성의 몸이 감각의 곡선 자체라면, 미술과 음악은 둥그런 세상에서 사물들의 구체적 형태와 색채가 만들어지는 기원의 탄생을 노래한다.

　　고고학자들이 죽어라 파내는 것은
　　시간의 무덤 아니고 미술의 무덤이다.

　시인에게 '무덤'이 시간의 더께이고, 무덤을 캐내는 것은 더께 밑에 묻힌 "미래의 처음"을 캐내는 것이다. 그 처음이 색과 형태를 가졌다는 사실을 알려 주는 것이 미술이다. 그것은 "시간이 어떻게든/ 육체적으로 될 때까지 파고 드는" 기원 탐색의 작업인데 육체적으로 된다는 것은 세계가 사물이 된다는 것이다. 이것은 여성 누드의 압축을 풀어 가는 과정에서 낱낱의 사물을 탄생시키는 일과 이어져 있다. 7월의 음악은, 바흐를 소재로 오랜 시간을 거치는 여성 몸처럼 낱낱으로 젊고, 거룩하고, 더 거룩한 사물과 그 사물의 소리에 연결된 시절이다. 그것은 과거의 사물들이고 그래서 과거로부터의 유산이다. 그러나 바흐의 음악은 "자연의 유산에 가장/ 근접하면서 자연의/ 유산을 능가하는 인간의 유산이다." 바흐의 음악에 이르러서야 자연을 능가하는 인간의 유산이 인정되는 것이라면 이에 대해서는 얼마든지 다른 주장이 가능할 것이다. 시인은 그 이유를 크게 강조하지 않는다. 다만 바흐의 음악이 자연을 능가했다는 사실만이 제시되는데, 그것의 사후 증거가 "비전 아니라/ 전망의 유산"이라는 점을 주목해 볼 수 있다. 전망은 미래를 보고 당겨오는 것이다. 그것은 미래가 어찌어찌 되어야 한다는 계획적 관점이 아니다. 그것은 미래의 필연적인 운명을 조망하는 것이다. 그 운명을 좌우하는 것이 맨 처음의 예정일 테고, 그것이 시간의 더께에 묻혀 버려도 미래의 핵심을 유지하고 있는, 지금까지 홀로 깊어져 온 인류의 유년의 "골동 예술"이다. 다만 고귀한 예술 자체인 것이 아니라 "가장 비천한 인간의 세속으로 계절이/ 왕성보다 더 중후하게 내려앉는/ 소리의 유산이다." 시인은 결국 이렇게 쓴다.

> 과거의 모든 것과 현재로
> 재등장하는 그 동력이 현재의
> 모든 것을 재등장시키는 새로움의
> 소리
> 유산이다.
> 미래를 알 수 없는 우리가
> 알 수 없는 미래의
> 미래를 전유(專有)하는 소리

유산이다,

  그렇다면, 문제는 저 인류의 오랜 유산으로부터 그 유산
이 전유했던 미래의 내용을 받으면서 얼마나 새로워질 수
있는가 이리라.

  8월, 9월, 10월이 다루는 것은 언어와 예술의 인위, 결국
음악이 도달할 '죽음'의 영역이다. 결국 도달해야 하는 시간
과 공간에 도달했기 때문에 세상은 죽음의 아름다움을 펼
쳐야 할 것이다. 그래서 시의 본문 맨 끝에 "피아노 무덤"
이 있다. 그것은 그러므로 죽음이지만, '맨 처음'을 시간의
더께 안에 묻어 둔 출발의 죽음이기도 한 것일까?

  '프롤로그'에서 '처녀성'이 준비되고 지금 "먼 거리가 황
홀하다"고 쓰는 심사는 이 시절에 펼쳐지는 "한여름 밤의
꿈"처럼 "생명이 바야흐로 생명을 넘치는" 사건들 때문이
다. "만물의 온갖/ 파생과 정의와/ 범례가 팽창한다./ 실뱀
독이 불규칙 동사의/ 시간이 팽창한다./ '최초'들이 전부
기어 나와 팽창한다"고 적은 시인은 그 낱낱의 팽창을 "갈
림길, 멸종이 팽창한다"고 이어 놓는다. 세계는 낱낱의 사
물들의 팽창 자체여서 오히려 그 현실이 상상력을 압도할
정도이다. 이제 팽창은 그 팽창이 파멸과 같은 목적지를
향한다는 사실을 순순히 수용한다는 듯이 발생할 정도이
다. 그것이란, 시간의 더께에 묻혀 있는 맨 처음의 어떤 "무
명씨"의 존재가 지금 낱낱의 사물로 전개된다는 점을 사

실로 인정하는 것이다. 그래서 그 세계의 전개에는 세계의 무명씨에 대한 해독이 필요할 것이다. '5월'의 여성 누드가 암호 해독 되듯이 낱낱의 사물로 펼쳐졌다면, 지금 최초의 무명씨는 "숨겨진 단어" 혹은 "철자가 불가능한 단어"에 대한 해독의 과정으로 전개되는 중이다. 그 전개가 무명 씨의 자기 자신을 보는 일이라면, 따라서 모든 삶의 전개는 모든 삶의 죽음을 보는 일이다. 그것을 자연과 인간이라는 말로 총칭하지 않는다면 그것을 표현할 단어는 따로 존재할 수 없을 것이다. "숨겨진 단어"나 "철자가 불가능한 단어"는 번역의 과정을 거쳐야 인간화되는데, 이 번역은 애초에 불가능한 일이고(벤야민), 따라서 '순수언어'의 상태로 직관만 허락되기 때문이다. 그 순수언어로 범주화되는 것을 김정환이 '자연-인간'의 범주로 총칭한 것은 다만 그 둘의 총칭만이 그 보편성으로 순수언어에 근접할 수 있다고 생각하기 때문일 것이다. 자연과 인간의 모든 펼쳐짐이란 그 자연과 인간의 모든 미분과 적분이다. "자연이므로 건축이고 건축이므로/ 음악이고 음악이므로 총천연색이고/ 총천연색이므로 죽음인/ 노동이고 수화"인 예술이 그렇게 탄생한다. 그리고 그 음악이 세속에 내려왔을 때, 그것의 대표자가 '피아노'일 것이다.

그렇다면 『소리 책력』은 거대한 순환의 수가 지상에 내려앉으며 내는 '노래-소리'에 해당하는 것일까? 음악이 아니라 순환의 소리라면, 그것을 순환의 소리 속에서 현실화

되는 사물들로 호명하는 일이 시를 쓰는 일일 것이다. 시는
소리와 사물을 찾아 그것들에 존재 이유를 붙여 주는 작
업이다. '10월'에 이르러 시인은 '광대, 마구간 소년, 개조련
사'를 호명하고 계속 세계-언어-소리를 명사의 형태로 병
치시킨다. 시인은 세계내 존재에 대한 호명 작업이 도착하
는 곳으로,

　　첫 언어의, 멀리 돌아와 놀랍게도 친근한
　　전모 같은 피아노
　　무덤이 있다.

라는 구절을 제시한다. 그곳은 "음악보다 더 음악적인
음악의/ 명사"이며 "악기보다 더 악기적인 악기의/ 죽음 기
억" 장소이다. 피아노 소리가 전개되고 멈춤으로서 표현될
그곳은 세계의 모든 출발과 종착지이다. 그런데 그 도착지
까지의 '저 황홀한 먼 거리' 속으로 세상의 모든 죽음이 들
어온다. 그 죽음은 그러나 죽음이 아니다. 그것은 무화(無
化)가 아니라 '온갖 부정(否定)이 씻겨 나가는 것'이다. 그렇
다면 피아노는 그것이 무덤이라면 다만 피아노 자체일 뿐
그 외의 것이 될 수 없다. "피아노는 피아노가 피아노 무덤
이다"라고 쓰는 시인의 생각이 이렇게 다시 드러난다.
　에필로그가 '단선율'을 결국 드러내는 것은 시인의 노파
심일까? 아벨라르가 거세된 사내였다는 사실은 그 단선율

은 그가 주장한 개념론의 현실화인 것일까? 혹은 '단일성'이라는 말로 『소리 책력』이 드러내는 주제일까?

아벨라르가 거세된 사내임을 밝히고 시인이 「보유」의 제목을 '모성의 미래'라고 써 두는 것은 시인의 정신분석처럼 읽히기도 한다. 거세되었다는 것은 데티지기 되지 못한다는 뜻이다. 그래서 "품을 수 있는 것은 슬픔"이라고 시인은 썼을 것이다. 그런데 쓰는 것이 문자(글자)라면 말하는 것과 노래하는 것은 소리이다. 시인은 그 소리로서 세계의 낱낱의 사물이 펼쳐지고 소멸하는 세상을 묘사한다. 모든 사물은 사물 자체로서 사물 묘사이니까, 사물로서의 소리 또한 마찬가지일 것이다. 새소리가 새라는 소리인 것처럼, 세계는 소리를 반복하면서 사물 자체로 된다. 여기에 『소리 책력』의 주장이 있다. 그것이 저 프롤로그에서 에필로그에 이르기까지 온갖 소리로 해독한 세계의 비밀이다. 독자들은 십이율의 순환을 예상해 볼 수도 있고 탄생에서 죽음에 이르는 세계의 운행을 볼 수도 있으며 거대한 거대한 자연-예술사를 읽을 수도 있다. 그것을 김정환이 낱낱의 사물들의 반복 형식의 소리라는 주제로 쓴 장시가 『소리 책력』이다. 이렇게 언어와 소리가 보편과 개별을 대표하면서 단일한 음악의 세계로 결합되어 펼쳐지는 과정 그것이 시로 쓴 그의 예술철학이다. 이것은 내게는 아벨라르에 대한 헌사로서의 예술철학처럼 읽히기도 한다. 에필로그에 나오는 아벨라르의 단선율이 그것이다. 세상은 소리 하나로 통일된다.

3

이 주제적 내용을 시의 형식으로 길게 진술하는 맥락이 있다. 독자들은 계속 궤도를 벗어나는 맥락들의 운동을 본다. 시의 가장 두드러진 형식처럼, 독자들에게 앞서는 것은 개별 대상들이 얽혀 들어가는 맥락이 아니라 그 개별 대상들을 여러 갈래로 나누어 놓는 언어 자체이다. 시는 그래서 하나의 대상을 자주 여러 의미로 확장한다. 앞서 말한 것을 다시 예로 들면 "무엇이 아니라 무엇이 아니라 무엇이다."와 같은 언어들이 그것이다. 이 다차원적인 생성의 세계에 있는 것은 기원에서 출발하여 낱낱의 사물로 드러나는 만물 생장의 실제적 양상이다.

시인이 말하는 대상은 하나가 아니라 둘 이상이다. 그런데 그 두 개 이상의 대상이 하나의 기표 혹은 그 기표와 어떤 방식으로든 연결되어 있는 또 다른 기표들로 묶여 있기 때문에 이 복수의 흔적들은 어떤 운동의 집단성이나 연쇄를 강조하게 된다. 시인은 말의 뜻을 한 번의 진술로 구성하지 않는다. 언어의 의미는 두 번 세 번 거듭 부정되는 과정을 통해 나타난다. "지나온 죽음과 지나갈 죽음 사이/ 사전과 사전 사이 사전 단어와 단어 사이/ 틈도 안온하다. 약동하는/ 단어고 사전이고 죽음이고 스스로 음악인 줄 모르는 음악이다./ 기분 좋은/ 단절, 유년이 어린이 백과사전 아니고 어린이/ 국어사전 아니고 그 음악이다"같은 구절이 전형적 사례이다. 여기에서 "아니고"는 부정의 의미를 갖는 계사로서 진술된 주사를 의미론적으로 반복하고 확장하는 기능을 담당한다. 이 문장 형식은 시 『소리 책력』의 의미진술 방식을 압축해서 보여 주는 사례이다. 의식의 흐름을 연상시키는 언어의 연쇄 속에서 김정환의 장시가 처음부터 포착한 것은 시간과 세월이다.

이것은 그가 시간의 흐름과 공간의 축조에 매우 민감하다는 사실을 의미한다. 그의 시가 급격히 변모하던 1990년대 초반은 역사적 신화의 연속과 단절이 격렬하게 전개된 시기인데, 그 와중에 시간과 역사라는 언어를 잔해의 형식으로 시 안에 유지해 온 시인이 바로 김정환이다. 이런 점에서 본다면, 그는 한국 시인들 중 누구보다도 문제적 현실 대상을 유지하고 반복하면서 변형해 가는 시인이라고 할 수 있다. 지금 그는 시간의 더께를 벗겨 낱낱의 사물로 되살아나는 세계에서 유지되는 핵심을 소리의 현상학으로 반복한다. 그 반복을 통해 확인되는 개념어들과 가족 유사성의 관계에 있는 언어들을 꼽다 보면, 그의 시의 언어는 바로 단절된 역사에 대한 시적 형상화이기도 하다는 사실을 알 수 있다. 모든 사물들은 세속의 역사 자체를 구체적인 피와 살로 살아가는 것들이다. 장시가 곧 유장한 시간의 흐름을 간접화하여 표상한다면 이 또한 형태가 내용을 드러내는 가족 유사성의 사례이다.

'책력'은 책으로 세계에 대해 말하기 위한 것이다. 책은,

말라르메의 말처럼, 이 세계가 수렴되는 장소이다. 그곳에서는 오직 언어만 살아 남아 말할 수 있다. 시인도 소멸되고 세계도 사라지는 곳이 책이기 때문이다. 김정환의 시는 그 책의 이념을 통해 세계에 대해 다시 반복하여 말한다. 단지 책인 것이 아니라 책력이기 때문이다. 그렇지만, 책 이전의 것들이 또한 책과 함께 고려될 수밖에 없다. 왜냐하면 그 책은 씌어지지 않은 책이며, 불가능한 책이고, 따라서 책 이전의 어떤 것, 혹은 책의 여백이거나 잠재적인 것에 해당하는 어떤 것으로 구성되는 책이기 때문이다. 그것을 김정환의 '소리'라고 말할 수 있을까?

1년 열두 달을 나눠 매월 특정한 대상들을 중심으로 진술하고 거기에 책력의 의미를 부여하고 있는 시인은 특히 "소리"에 집중하여 시의 처음과 끝을 "소리"의 의미론으로 구성한다. '프롤로그'의 소리 진술은 소리를 시간 이해의 출발점으로 삼으려는 의도를 잘 드러내 준다. 이 소리에 대해 책력의 의미를 부여함으로써 시는 모두 미래의 시간에 대한 예언적 진술로 탈바꿈한다. 책력은 1년 24절기를 나누어 각 절기의 우주적 질서를 예상케 하고 시간의 운용에 도움을 주려는 책자이다. 따라서 여기에는 미래 시간에 대한 예언적 지침이 들어 있다. 더구나 소리는 보이지 않는 것을 볼 수 있도록 하는 매체이기도 하다. 『소리 책력』은 그래서 시간상으로나 공간상으로나 '미래의 거처'이다. 그렇지만 여기에는 반복(反復)을 반복(反覆)으로 거두는 시인의 의도가 크게 작용한다.

내가 「반복, 뒤집기」(《시로여는 세상》, 2016년 가을호)에서 썼듯이 그의 시 「젖무덤 전망 햇살 체」에서는 세계의 모든 사물이나 사건들이 '누군가'나 '무엇인가'의 몸으로 변화되기를 희망하는 사태가 나타난다. 이 세계에서 시인은 사물들을 하나하나 호명한다. 그것은 세계의 모든 사물이 각자 자리를 바꿔 곧 세계의 모든 사물인 '체'할 수 있는 것들이다. 이 사물들이 시적으로 배치되는 과정에서 시인의 눈을 스쳐간 것들은 곱절 많을 것이다. 시인도 그 안에 행인으로 오가는 사람으로서 사물들과 동격이었던 적이 있었다. 지금은 다만 그 사물들을 시인이 자연으로 바꾸어 바라보고 있을 뿐이다. 그 사물들의 '소멸-재생'이 아닌 변화의 향연을 시인은 보고 있다. 그 변화를 바라보는 것, 그것이 세계를 사랑하는 시인의 시선이다. 변화를 인정할 때 우리는 진정한 사랑에 도달할 수 있는 것일까? 사랑의 여러 존재 방식 중에서 플라톤이 그것을 '이동하는 것'이라고 설명하듯이 이동을 긍정할 때 세상을 정말로 사랑할 수 있을까? 세상의 전망을 가질 수 있을까? 아니면, 햇살이 만들어 내는 모든 것들을 보면서 바로 그 햇살 속의 사물들인 체할 수 있을까? 그것이 각각 사라지지 않으면서 다른 존재인 체하려는 사물들의 평등의 원리라면 우리는 그것을 배워야 하리라. 사물들의 목숨이 이어지는 모습을 통한 그 배움을 제대로 이룰 수 있다면 우리는 저 세계의 수많은 변화와 이동이 실현하는 공통적인 모습들의 무수한 반복을 긍정하면서 이 세계에 대한 다른 전망을 가져 볼 수 있을 것이다. 그렇게 낱낱의 사물에 도달해야 할 것이다.

그런데 시인에게 시의 언어는 이미 일종의 말놀이, 곧 '소리-말'이다. 그 사례는 『소리 책력』의 전편에 편재되어 있고, 그의 이전 시집들에서도 충분히 나타나고 있다. 덧붙여 쓰면, 시는 그 언어 방식으로도 세계를 심각하게 만드는 기이한 언어 구성체이다. 시가 순수한 것은 그 때문일 것이다. 그 현상을 '소리'라는 개념과 연결시킬 때 어떤 어지러움을 동시에 느낄 수밖에 없다. 김정환의 시가 1990년대에 역사적 단절을 언어화하는 형식에 집중했다면, 지금 그의 시는 세계의 어지러움을 드러내는 데 집중한다. 언어의 의미를 여러 갈래로 나누어 놓는 것은 그 어지러움의 또다른 형식화이다. 그리고 그는 이 어지러움을 아벨라르의 개념과 삶을 통해 넘어서고자 한다.

언어들이 기필코 대상을 가질 것이다. 대상이 무(無)라고 해도 그 무라는 사실 자체가 인식됨으로써 무라는 언어는 인식 대상을 소유하는 것이다. 무라는 단어가 있음(有)으로써 무가 인식되는 사태를 생각한다면, 모든 언어는 대상을 가질 수밖에 없다. 요컨대 무는 유이다. 그러므로 김정환이 이름과 지명을 호출하는 것은 세계를, 그것의 존재와 부재를 호출하는 행위의 소리로 호출하는 것이다.

그런데 그 세계가 낱낱이 부서진 사물이나 사건들이다.

그렇다면 세계는 이미 부서져 있기 때문에 각각 자기 자신들에게 집중할 수밖에 없고, 그래서 그 세계를 호명하는 시어들도 우선 대상 자체를 지시하는 데 집중할 수밖에 없다. 그의 시의 문장들이 그 사실을 문장 자체로 묘사한다. 그는 일찍이 "도구적이지 못하면 총체적일 수 없으며 총체적이지 못하면 도구적일 수 없다"(『삶의 시 해방의 문학』,「후기」, 청하, 1986)라고 쓴 바 있다.『소리 책력』의 진술로 그것을 표현하면, "사물이 사물을 묘사하지 않고/ 사물이 바로 사물묘사다"(윤달)와 같은 문장, "새, 하고 새를 발음하면 새가 소리의/ 몸이고, 형용과 무게와 의미 이전/ 소리의 몸이냐"(3월)와 같은 구절이 그 도구와 총체성을 결합시킨다. 이런 의미에서『소리 책력』은 시로 쓴 예술철학이다. 낱낱의 사물을 탄생시키되 그것을 하나의 소리로 이어 가는 어려운 공력이 여기에 있다. 김정환의 시는 그러므로 하나의 단일성에서 시작하여 개별들의 흐름으로 이탈하는 과정을 거쳐 다시 출발의 양식으로 귀환하고 또 출발하는 언어 구성체의 특이한 실현이다.

그다음 이어지는 말은 헤겔의 미에 대한 진술들이어야 할 것이다. 헤겔이 공간의 한 점을 차지하는 소리인 음표에 대해 말하고 그것을 시간 속의 정신으로, 전화하는 음악으로 발전시킨 것은 김정환에게 소리가 책력으로 현상하는 과정과 유사하기 때문이다. 그 소리의 현상학을 시의 언어로 바꿔 놓은 것은 헤겔이 정신적인 것으로서의 시문학을 논의하는 것과 순서 상 유사하다. 그래서 우리가 도달할 지점은 국가와 역사 외부에 있는 것으로서의 예술에 대한 김정환의 암시이다. 그 예술에 시간을 덧붙인다고 해서 그것을 국가-역사와 같은 것으로 혼동해서는 안 될 것이다. 예술의 시간은, 헤겔에게 상징적 예술과 낭만적 예술이 시간을 거쳐 거친 균형으로 돌아가 순환하듯이, 김정환에게 불균정한 문장과 단어들이 시차를 두고 실현되는 것 속에서 순환한다. 그러나 그 유사성에도 불구하고 김정환이 헤겔의 외부에서, 요컨대 자연과 대립하는 예술이 아니라 자연으로서의 예술에 대해 노래하는 그 자리에 대해 이야기해 보아야 할 것이다. 『소리 책력』의 이야기가 순환할 뿐 끝나지 않은 것은 그 때문이기도 하다.

지은이　김정환

1954년 서울에서 태어났다. 1980년《창작과비평》을 통해 등단했다. 시집으로『지울 수 없는 노래』,『황색예수전』,『회복기』,『좋은 꽃』,『해방서시』,『우리, 노동자』,『기차에 대하여』,『사랑, 피티』,『희망의 나이』,『하나의 이인무와 세 개의 일인무』,『노래는 푸른 나무 붉은 잎』,『텅 빈 극장』,『순금의 기억』,『김정환 시집 1980~1999』,『해가 뜨다』,『하노이-서울 시편』,『레닌의 노래』,『드러남과 드러냄』,『거룩한 줄넘기』,『유년의 시놉시스』,『거푸집 연주』,『내 몸에 내려앉은 지명』등이 있다. 백석문학상, 아름다운작가상, 만해문학상을 수상했다.

소리 책력冊曆

1판 1쇄 찍음 2017년 12월 8일
1판 1쇄 펴냄 2017년 12월 15일

지은이　김정환
발행인　박근섭, 박상준
펴낸곳　㈜민음사

출판등록 1966. 5.19. (제16-490호)
서울특별시 강남구 도산대로1길 62(신사동)
강남출판문화센터 5층 (06027)
대표전화 515-2000 / 팩시밀리 515-2007
www.minumsa.com

ⓒ 김정환, 2017. Printed in Seoul, Korea

ISBN 978-89-374-0861-8 04810
　　978-89-374-0802-1 (세트)

민음의 시
목록